# «CUATRO OJOS» Y NINGÚN AMIGO

Elisabet abrió la puerta. Jessica estaba tendida boca abajo en la cama con la cara oculta por la almohada. Giró lentamente la cabeza para mirar a su hermana. Tenía el rostro enrojecido y congestionado de tanto llorar.

–Jess –le dijo Elisabet con suavidad, sentándose en la cama junto a ella–, ¿no crees que exageras un poco?

Jessica sorbió ruidosamente por la nariz.

–Para ti es muy fácil decirlo. No serás tú la que tenga el aspecto más horroroso del universo. –Se dio la vuelta en la cama–. Lisa, ¿qué va a pensar Aaron cuando me vea el martes en la escuela llevando gafas?

–Si dejas de gustarle sólo porque llevas gafas, no vale la pena ni siquiera que empieces a perder el tiempo con él –respondió Elisabet con toda lógica.

–Pero... ¡Aaron me gusta!

# LAS GEMELAS DE SWEET VALLEY

## LA NUEVA JESSICA

Escrito por Jamie Suzanne

Creado por
FRANCINE PASCAL

Traducción de
Conchita Peraire del Molino

EDITORIAL MOLINO
Barcelona

Título original: JESSICA'S NEW LOOK
Copyright © 1991 by Francine Pascal

Concebida por Francine Pascal
Cubierta de James Mathewuse
Diseño de Ramón Escolano


Sweet Valley es una marca registrada por Francine Pascal

© EDITORIAL MOLINO 1995
de la versión en lengua castellana
Calabria, 166   08015 Barcelona

Depósito Legal: B. 37.138/95
ISBN: 84-272-4647-1

Impreso en España          1995          Printed in Spain

LIMPERGRAF, S.L. – Calle del Río, 17 nave 3 – Ripollet (Barcelona)

# I

–¿Te importa si paso?

Jessica Wakefield se metió en la cola del comedor detrás de su hermana Elisabet, el miércoles por la tarde, al mismo tiempo que dedicaba una sonrisa esplendorosa al chico delante del cuál se había colado. Éste se la devolvió tímidamente.

–Jess, deberías ponerte en la cola y esperar tu turno como todo el mundo –la regañó su hermana mientras cogía una manzana y la colocaba en su bandeja.

–¡Ya he hecho cola una vez! –protestó Jessica–. Lo único que quiero ahora es un pedazo de tarta. –Echó un vistazo a la bandeja de su hermana y preguntó con una mueca–: ¿Qué son *esas cosas* verdes?

–Coles de Bruselas –respondió Elisabet–. Son buenas para la salud. Deberías comerlas.

Jessica movió la cabeza en sentido negativo mientras pasaba revista al surtido de postres. Eligió un pedazo grande de tarta de chocolate y lo colocó en la bandeja de Elisabet.

–El chocolate también –replicó–. ¿No nos han dicho en clase de ciencias que forma parte de uno de los cuatro grupos básicos de nuestra alimentación?

Elisabet soltó la risa.

–De acuerdo –aceptó cogiendo otro pedazo igual–. ¡Me has convencido!

Cualquiera que hubiera visto a Elisabet y Jessica juntas hubiese tenido grandes dificultades en adivinar quién era quién. Las dos eran gemelas idénticas. Ambas tenían la misma cabellera dorada, iguales ojos aguamarina e idéntico hoyuelo en la mejilla izquierda.

Sin embargo, la personalidad de cada una no podía ser más distinta. Elisabet, unos minutos mayor que su hermana, era la gemela sensata y formal. Su sueño era convertirse algún día en periodista y, para ello, dedicaba buena parte de su tiempo y esfuerzos a la edición de *Sexto Grado de Sweet Valley*, el periódico escolar del curso que había contribuido a fundar. Solía ser lógica, sensible leal y amable. Sus amigos sabían que siempre podían contar con ella.

Jessica también era de fiar... ¡Solía divertirse con lo que fuera! Era miembro del exclusivo Club de las Unicornio, un grupo compuesto por las chicas más lindas y populares de la Escuela Media de Sweet Valley. Convencidas de ser el equivalente de la realeza en la escuela y, puesto que el púrpura era el color real, cada Unicornio llevaba a diario alguna pieza de ese color. Como todas ellas, a Jessica le encantaba hablar de chicos y de ropa, temas mucho más interesantes que cualquiera de los que Elisabet publicaba en *Sexto Grado*.

Cuando eran más pequeñas, Elisabet y Jessica vestían iguales y compartían las mismas amigas. Ahora, ambas tenían estilos distintos y amigas e intereses completamente diferentes, pero nada del mundo podía cambiar el hecho de la existencia del lazo especial que sólo los gemelos comparten.

–Jess –continuó Elisabet cuando se dirigían hacia la caja–, hoy no podré ir contigo a casa. El señor Bowman me ha pedido que me quede después de las clases. –El señor Bowman era el profesor de Lengua y el supervisor de *Sexto Grado*–. Dice que tiene algo importante que comunicarme.

–¡Oh...! ¡Oh...! –Jessica movió la cabeza con una fingida expresión grave–. Cuando un profesor te pide que te quedes después de las clases, es que está a punto de caerte

9

algo encima –bromeó–. Yo también tengo un entrenamiento de emergencia de las Animadoras, o sea que tampoco hubiera podido venir contigo.

–¿De emergencia? –repitió Elisabet con una sonrisa. Las Animadoras era el grupo de apoyo deportivo de la escuela organizado por las Unicornio–. ¿De qué emergencia se trata?

–En el último entrenamiento se nos cayeron los bastones varias veces e incluso uno fue a parar a la cabeza del entrenador Cassels –explicó Jessica.

–¿Le hizo daño?

–No. Pero no le hizo ninguna gracia.

–¿De quién era el bastón? –quiso saber Elisabet.

Las mejillas de Jessica enrojecieron, pero respondió en tono desafiante, alzando la barbilla:

–Mío. Pero tengo una buena excusa por haberme distraído. Aaron Dallas pasó por allí y me sonrió.

–Oh –murmuró Elisabet, procurando que no se le notara la sonrisa–. Esto lo explica todo.

–Aaron Dallas es probablemente el chico más atractivo de todo sexto, Lisa. Cuando alguien como Aaron *te sonríe*, es imposible no impresionarse.

Elisabet se detuvo ante la cajera que, mirando la bandeja, se echó a reír.

–¿Dos pedazos de tarta? –preguntó–. Debes estar muerta de hambre.

–Elisabet come mucho –añadió Jessica con toda seriedad.

Elisabet elevó los ojos hacia lo alto y pagó.

–Me debes setenta y cinco centavos por tu pedazo de tarta –dijo a su hermana.

Pero Jessica no pareció haberla oído.

–¡Mira! –exclamó, señalando con el dedo hacia la mesa del rincón del comedor que las Unicornio se reservaban siempre para ellas–. ¡En la mesa de las Unicornio *hay chicos*!

–¿Y qué? –dijo Elisabet encogiéndose de hombros.

–¿Cómo y qué? ¿Cuándo fue la última vez que comiste en compañía de Bruce Patman? ¿O de Jake Hamilton? O... –Jessica frunció el ceño forzando la vista–. ¿Quién es el otro chico?

–Aaron Dallas –respondió Elisabet de inmediato–. ¿Ya no lo conoces? ¡Creía que lo considerabas el más atractivo!

–Claro que lo conozco –protestó Jessica irritada–, sólo que no lo había visto bien. Está demasiado lejos, al otro lado del comedor. –Jessica se arregló el pelo–. Hasta luego, Lisa.

–¿No quieres el pedazo de tarta?

–Te lo puedes quedar. Después de todo, *comes mucho* –respondió Jessica con malicia.

Y se apresuró hacia la mesa de las Unicornio. Jake, Aaron y Bruce estaban sentados en una esquina de la misma ¡Casi no podía creer que los chicos comieran junto a sus amigas! Normalmente, solían sentarse al otro extremo de la sala.

–¡Hola a todo el mundo! –saludó jovialmente al llegar junto a ellos.

Los tres chicos levantaron la vista y le sonrieron.

–Hola, Jessica –saludó Aaron con timidez.

–¿Dónde has dejado el postre? –preguntó Lila Fowler. Lila era una alumna de sexto y una de las amigas más íntimas de Jessica.

–¿Qué postre? Yo no tomo postre. Los pasteles engordan. –Y preguntó a los chicos con una sonrisa resplandeciente–: ¿Os importa si me siento con vosotros?

–Aquí tienes un sitio –intervino Ellen Riteman desde el otro extremo de la mesa, lo más lejos posible de los chicos.

–No importa –respondió Jessica–. Me quedaré aquí, al lado de Aaron.

Y mientras tomaba asiento, se dio cuenta de las miradas malévolas que le asestaban las Unicornio, pero no le importaba. Estaba entre los tres chicos más atractivos de la escuela y seguro que todas las miradas del comedor estaban fijas en ella.

Tosió ligeramente. De repente, la mesa había quedado extrañamente silenciosa.

–Bien, ¿y qué os ha traído a nuestra mesa? –preguntó a los chicos.

–Hemos venido para que nos hicierais socios honorarios –bromeó Bruce. Era un alumno de séptimo, además de pertenecer a una de las familias más ricas de la población. Las Unicornio opinaban que era adorable.

–Y, además, no había otro sitio donde sentarse –añadió Jake.

–Quizá podríamos haceros miembros honorarios... –sugirió Lila–. Incluso podríais asistir a nuestras reuniones. Claro que cada día tendríais que llevar algo de color púrpura.

–¡Cállate, Fowler! –soltó Bruce de malas maneras.

–Creo que podemos prescindir de ese detalle –dijo Aaron sonriendo a Jessica.

Aaron era uno de los alumnos de sexto más altos y a Jessica le gustaban especialmente sus ojos oscuros.

Nuevamente el grupo quedó en silencio

y Jessica lo encontró muy raro. Las Unicornio *siempre* tenían algo de que hablar. Otro detalle extraño la sorprendió: en las bandejas se apilaba la comida como si todo el mundo, de repente, hubiera perdido el apetito. Sólo los tres chicos parecían interesados en engullir lo que tenían delante.

–¿Qué opinas de ese examen de matemáticas, Bruce? –preguntó Kimberly Haven, una Unicornio de séptimo.

Bruce acababa de dar un buen bocado a su hamburguesa.

–No lo sé... –murmuró con la boca llena. Hizo una pausa para engullir y añadió–: ¿Para qué demonios necesita nadie multiplicar fracciones?

Kimberly soltó una carcajada algo estridente.

–Tienes toda la razón. Yo estoy segura de suspender. –Y le dedicó un parpadeo de sus largas pestañas oscuras.

–¿Se te ha metido algo en el ojo, Kimberly? –preguntó Jessica educadamente.

Kimberly la miró con expresión ausente. El silencio se adueñó nuevamente de la mesa mientras los chicos seguían comiendo.

Jessica se movió incómoda en su asiento. Imaginaba que, con la presencia de los chicos, la mesa de las Unicornio ganaría en animación. Pero, ¿de qué hablaba una con los chicos? Pensó en su hermano de catorce años, Steven. ¿Qué podía gustarle? La comida, claro. Pero seguro que a Aaron, Bruce y Jake les gustaba más comer que hablar de comida. A Steven también le gustaba el baloncesto.

*¡Claro!* Los tres eran miembros del equipo de baloncesto de la Escuela Media de Sweet Valley.

Se dirigió a Aaron:

–El otro día os vi entrenando. Parece que tenéis un buen equipo.

El chico respondió halagado con una sonrisa:

–Aún nos falta trabajar la defensa, pero el entrenador Cassels dice que tenemos muchas posibilidades de ganar el campeonato.

Jessica asintió con un movimiento de cabeza.

–Mi hermano Steven juega en el equipo de la Escuela Superior.

–Es muy bueno –intervino Jake–. Lo vi en el partido contra el Johnson.

–Steven dice que un equipo es fuerte cuando su defensa lo es –manifestó Jessica sin apartar la mirada de Aaron.

–¡Tiene toda la razón! –alegó éste con entusiasmo.

Al otro extremo de la mesa, Lila bostezó ostentosamente tapándose la boca con fingido disimulo.

–¿Alguien vio anoche la película de la tele? –preguntó.

–¿*Corazones rotos?* –preguntó Mary Wallace–. Me la pasé llorando todo el tiempo.

–¿La viste, Bruce? –preguntó Lila, inclinándose hacia el chico y apoyando la cara en su barbilla.

El chico movió la cabeza negativamente.

–Estuve viendo el partido entre los Celtics y los Lakers en el canal deportivo por cable.

–¡Fue un gran partido! –exclamó Jessica con entusiasmo–. Vi la segunda mitad con mi hermano.

Lila echó hacia atrás su cabellera castaña.

–Los Lakers son un equipo de béisbol increíble –asintió sin dejar de mirar a Bruce.

–¿Béisbol? –exclamó éste mirando al cielo con expresión de impotencia–. ¡Los Lakers juegan a *baloncesto*!

Lila enrojeció vivamente en medio de las risas de todos.

–Ya lo sabía –afirmó con altanería–. Sólo bromeaba.

–Hubieran ganado a no ser por la personal

que les pitaron dos minutos antes del final del partido –manifestó Aaron.

Bruce movió la cabeza.

–No fue falta. Sólo se trataba de una entrada fuerte en defensa, absolutamente normal.

–No. Fue una personal justificada –replicó Jessica.

Todas las miradas se fijaron en ella. Bruce frunció las cejas con expresión escéptica y dijo:

–¿Y qué sabes tú, rubita? ¡Apuesto lo que quieras a que ni siquiera conoces lo que es un bloqueo.

–Es cuando un defensa intercepta a un delantero contrario para impedirle un movimiento –respondió Jessica en tono indiferente.

–¿Ah, sí? –Bruce parecía algo desconcertado–. Pero ésa es una táctica defensiva absolutamente legal.

Jessica negó con la cabeza replicando:

–El defensa ha de estar bien colocado de frente al delantero enemigo, con ambos pies en el suelo, antes de que éste intente fintarlo. Si no lo hace así, es falta personal. En cambio, si estando colocado, un delantero se le echa encima, hay que señalar falta personal en ataque.

–¿Puedes repetirlo? –pidió Ellen totalmente confusa–. En palabras corrientes, por favor.

Bruce soltó un silbido admirativo.

–¿Todo eso te lo ha enseñado tu hermano?

–Bruce, aunque a los chicos no os guste, resulta que existe «un equipo femenino» de baloncesto y da la casualidad de que yo pertenezco a él –explicó Jessica en su tono más dulce.

Aaron movió la cabeza.

–Eres asombrosa, Jessica –declaró.

Ella se mostró satisfecha. ¡Aaron la estaba halagando delante de todos!

Bruce echó su silla hacia atrás y se levantó.

–Chicos, debemos irnos.

Aaron y Jake se levantaron.

–Hasta luego, Jessica –dijo el primero. Y giró para irse, pero, de repente, se encaró nuevamente con el grupo–. ¡Tengo una gran idea! –exclamó–. El sábado de la semana que viene, mis padres me llevan a ver a los Lakers. Nos sobra una entrada. ¿A alguien le gustaría venir?

Jessica esperó que Bruce o Jake dijeran algo, pero éstos guardaron silencio. Más bien, los ojos de todos estaban fijos en ella, como esperando que hablara.

–¿Bien? –urgió Aaron.

¡Aaron hablaba con *ella*! Jessica desorbitó los ojos, excitadísima. *¡Aaron Dallas le pedía una cita!*

–Si no quieres venir, no importa –murmuró el chico al ver su confusión.

–¡No! –exclamó Jessica–. Quiero decir, *¡sí!* Estaría encantada, Aaron.

–Muy bien –dijo éste–. Más tarde hablamos.

Y los tres se fueron, dejando a las Unicornio mudas de asombro.

Belinda Layton, que estaba en el equipo de baloncesto de las chicas con Jessica, saltó de contenta.

–¡Jessica, qué suerte tienes! –exclamó.

–¡Y tanto! –corroboró Mary Wallace–. ¡Aaron Dallas es tan atractivo!

–En realidad, ella quiere ver el partido, aunque no se puede negar que Aaron es guapo, claro –añadió Belinda.

Jessica se quedó contemplando a los tres chicos quienes, después de depositar sus bandejas en el carrito, se dirigieron a la puerta para salir. Pero antes de desaparecer, Aaron se dio la vuelta y le hizo un saludo de despedida con la mano.

–¡No puedo creerlo! –suspiró.

–Yo tampoco –murmuró Lila.

–Ni yo –dijo Ellen con el ceño fruncido.

–¡Una cita! –añadió Jessica rebosante de satisfacción.

–Tampoco hay para tanto, Jess. Cualquiera diría que eres la única persona del mundo que ha conseguido una cita –arguyó Lila en tono agrio.

–Apuesto a que soy la primera en tenerla de todo sexto de la Escuela Media de Sweet Valley –insistió Jessica.

–¿Y aquella vez que fuimos a la bolera? –preguntó Ellen.

–Sólo fue un encuentro entre un grupo de chicas y chicos –replicó Mary–. No fue exactamente una cita, Ellen.

–De todas maneras, no veo que hay de extraordinario en que Aaron se lo haya pedido a Jessica. Podía habérselo pedido a cualquiera de nosotras, ¿no? –rezongó Lila, un poco ceñuda.

–Quizá porque a Jessica le gusta el baloncesto, cosa que no ocurre contigo, Lila –replicó Belinda.

Mientras sus amigas discutían, Jessica gozaba de su momento de gloria. Conocía el *verdadero* motivo de la invitación de Aaron: ¡porque ella, Jessica Wakefield, era la chica más bonita y más popular de todo sexto!

Echó la silla hacia atrás y se levantó.

–¿A dónde vas ? –quiso saber Ellen.

Jessica señaló con la cabeza hacia la cola del mostrador de la cafetería.

–A buscar un pedazo de pastel de chocolate. De repente me ha entrado hambre.

# II

–¡Ah, ya estás aquí! –sonrió el señor Bowman, desde la mesa del estrado–. Entra y toma asiento, Elisabet.

Ésta se sentó en una silla de primera fila de la clase vacía.

–¿Quería verme? –preguntó.

El señor Bowman cogió un ejemplar de un periódico que tenía encima de la mesa y se acercó a Elisabet. Como siempre, la ropa que llevaba era absolutamente dispar: pantalones verdes, camisa rojo brillante y corbata a rayas rojas y rosadas, pero a ella no le importaba. Era su profesor favorito y el que impartía la clase más amena.

–Necesito tu ayuda, Elisabet –dijo el profesor.

–Con mucho gusto. ¿Qué he de hacer? –se brindó Elisabet.

El señor Bowman se sentó en la esquina de la mesa, al lado de ella.

–Esta mañana me han llamado de *La Tri-*

*buna de Sweet Valley* . Han abierto una nueva sección llamada «La columna del periodista joven» y cada semana incluirán un artículo de un estudiante.

–¡Oh, que bien! –exclamó Elisabet.

–Aparte de la oportunidad de escribir para un periódico de verdad, pagan cincuenta dólares por cada artículo publicado. –El señor Bowman se frotó la barbilla–. Y aquí viene mi problema. *La Tribuna* me ha pedido que elija un alumno prometedor de la Escuela Media de Sweet Valley para el primer artículo. El alumno o alumna deberá tener experiencia en redacción periodística, esa clase de experiencia que tiene un director de periódico escolar y, a él o a ella, les ha de gustar escribir. –Se rascó la coronilla–. ¿Conoces a alguien con estas condiciones?

Elisabet no pudo impedir la sonrisa.

–Me parece que es un poco mi retrato.

–Esto es exactamente lo que yo pensaba. –El profesor sacudió la mano de Elisabet–. ¡Felicidades, periodista joven! Creo que serás una magnífica representante de la Escuela Media de Sweet Valley.

Elisabet apenas podía creer lo que acababa de oír. ¡Un artículo suyo en un periódico de verdad!

23

–¿Pero cuál ha de ser el tema? –preguntó.

–Ya lo han elegido. Quieren un artículo acerca de estudiantes que destacan. Es decir, estudiantes que hagan algo importante por su escuela o por su comunidad.

–No me parece muy difícil –manifestó Elisabet después de una breve reflexión–. Hay un montón de alumnos de la escuela que realizan trabajos voluntarios.

–Como no hay que entregar el artículo hasta dentro de dos semanas, tienes tiempo de sobra para decidir sobre quién vas a escribir –siguió el señor Bowman–. Estoy seguro de que harás un trabajo excelente, Elisabet.

–¡Gracias señor Bowman! –exclamó ésta, saltando de la silla–. No le voy a defraudar. Se lo prometo.

–¿A dónde vas con tanta prisa? –rió él al ver la precipitación de Elisabet.

–¡A empezar mi artículo inmediatamente!

–Toma –dijo el señor Bowman tendiéndole el periódico que tenía en la mano–. Llévate este ejemplar de *La Tribuna*. Hay un artículo de un estudiante de la Escuela Media de Weston. Puede darte algunas ideas.

Elisabet cogió el periódico y se precipitó fuera de la clase, impaciente por contar a su hermana la magnífica noticia. Al recordar que tenía prácticas con las Animadoras, se dirigió corriendo al gimnasio.

Cuando entró decidida, las animadoras estaban acabando de practicar los movimientos de los bastones.

–¡Esto está mucho mejor! –decía Janet Howell, una alumna de octavo, presidenta de las Unicornio y capitana de las Animadoras junto con Jessica–. Si continuamos así, seremos la sensación del próximo partido.

Las animadoras se aplaudieron con la excepción de Amy Sutton. Amy, la amiga más íntima de Elisabet después de Jessica, era la única animadora que ni era Unicornio ni tenía ninguna amiga entre éstas. Como Elisabet, opinaba que eran un montón de presumidas, pero formaba parte del grupo de apoyo deportivo porque volteaba el bastón de forma excelente.

Cuando Janet dio por terminadas las prácticas, Amy corrió a reunirse con Elisabet.

–¡Tengo una magnífica noticia! –exclamó ésta.

–Y tu hermana también –replicó Amy señalando a Jessica con la cabeza mientras aquella se acercaba.

–¿Qué pasa? –preguntó Elisabet.

–No tardarás en saberlo –respondió Amy–.

No se ha hablado de otra cosa durante todo el rato de las prácticas.

–¡Lisa! –exclamó Jessica–. ¡Tengo una noticia increíble!

–Yo también –dijo Elisabet–. Dime la tuya primero.

–A ver si adivinas quien es la primera chica de sexto de la Escuela Media de Sweet Valley que tiene *una cita* –declaró su hermana dándose importancia.

–Y a ver si adivinas quien nos ha provocado un espantoso dolor de cabeza hablando sin parar de esa cita estúpida –intervino irritada Lila, que también se había acercado a las gemelas.

–Está celosa –declaró Jessica en tono ligero.

–¿Una cita? –exclamó Elisabet–. ¿Dónde? ¿Con quién?

–A un partido de los Lakers con Aaron Dallas –respondió Lila por Jessica–. No puedo creer que no te hayas enterado. Sólo falta que lo digan en el telediario.

–¡Jess! ¡Cuánto me alegro! –exclamó Elisabet sinceramente.

–Me lo ha pedido al mediodía, en la mesa de las Unicornio –explicó Jessica en tono soñador.

–¡Muy romántico! –añadió Amy mirando al cielo.

–Amy también está celosa –dijo Jessica mirando a su hermana.

–¡Oh, por favor! –protestó Amy, riendo–. Aaron es muy atractivo y todo lo demás, pero ni por todo el oro del mundo saldría con él.

–¿Cuándo será? –preguntó Elisabet a su hermana.

–El sábado de la semana que viene. Así tendré un montón de días para decidir qué me voy a poner y, naturalmente, pensar en los temas de conversación.

–¡*Temas de conversación!* –repitió Lila sarcástica–. ¿Qué quieres decir con eso de «temas de conversación»?

–Lila, ¿es que no sabes nada? Leí un artículo en *Smash* titulado «Cómo conseguir que la primera cita sea un éxito». Decía que había que prever unos cuantos temas de conversación para tener siempre de que hablar.

–¿Y si dejamos el tema? –exclamó Amy que ya estaba harta.

–Hablando de artículos –continuó Elisabet–. Yo también tengo magníficas noticias.

–¡Dinos! –urgió Amy deseosa de olvidar la cita de Jessica.

–Acabo de hablar con el señor Bowman. *La Tribuna de Sweet Valley* invita a los estudiantes a colaborar como periodistas jóvenes en una columna del periódico. Cada periodista joven escribe un artículo acerca de su escuela y *La Tribuna* lo publica. ¡Y el señor Bowman me ha pedido que sea yo quien represente a la Escuela Media de Sweet Valley!

–¡Felicidades, Lisa! –se entusiasmó Jessica golpeando amistosamente la espalda de su gemela.

–¡Elisabet, es fantástico! –El entusiasmo de Amy era auténtico, aunque no pudo impedir cierta envidia.

–Amy, el señor Bowman sólo me lo pidió porque soy la directora de *Sexto Grado* –explicó rápidamente Elisabet que se había dado cuenta del sentir de Amy. Ésta también colaboraba en el periódico del curso y no quería que se sintiera herida–. Además, voy a necesitar ayuda para escribirlo.

Amy respondió con alivio:

–¡Muy bien! ¿De qué tema se trata?

–Acerca de los estudiantes que destacan.

Abrió el periódico que le había dado el señor Bowman para que vieran el artículo ya publicado de un periodista joven.

–¡Uau! –exclamó Amy–. ¡Imagínate, Elisabet! ¡Tu nombre en un periódico de verdad! Tu primer trabajo profesional.

Jessica se inclinó sobre el periódico con el entrecejo fruncido.

–¿Qué dice el título? –preguntó.

–«Estudiantes de Weston iluminan las vidas de la gente de una residencia» –leyó Elisabet.

–Vaya una gran cosa –declaró Lila despreciativamente–. Creía que ibas a escribir sobre temas más importantes.

–¿Cómo qué, Lila? –preguntó Amy.

–No sé.... Sobre gente *interesante*... –respondió aquella en tono vago.

–¡Como las Unicornio! –exclamó Jessica–. ¿Por qué no haces un perfil de todas nosotras? ¡Somos la gente más interesante de la escuela! Especialmente ahora –añadió orgullosa–. Quizá podrías escribir sobre mi cita con Aaron.

Elisabet se esforzó en no sonreír.

–El artículo ha de versar sobre estudiantes que realizan servicios en pro de la comunidad –recordó a su hermana.

–¿Y cuándo las Unicornio han hecho algo por alguien? –remachó Amy cruzándose de brazos.

Lila y Jessica se miraron la una a la otra.

–¿Y bien? –insistió Amy.

–¡Déjanos pensar! –estalló Lila.

Amy dio unos golpecitos en el suelo del gimnasio con su zapatilla deportiva.

–Estamos esperando.

–¡Ya lo sé! –gritó Jessica–. Ayer, cuando estábamos en el vestuario de las chicas... –Dio un codazo a Lila–. ¿Te acuerdas, Lila?

Ésta asintió con la cabeza diciendo:

–Sí, claro.

–Janet se estaba maquillando –explicó Jessica–, y decidió que aquel color había dejado de gustarle. Pero, en lugar de tirarlo, lo dejó en el mármol del lavabo por si alguien quería aprovecharlo. Alguien que no pudiera comprárselo.

Elisabet miró a Amy y ambas estallaron en carcajadas.

–Una cosa realmente noble, Jessica –dijo Amy en cuanto las risas se lo permitieron–. Pero no creo que sea exactamente eso a lo que se refiere *La Tribuna*. Vamos, Elisabet. Empecemos a trabajar en ese artículo.

–¡Guardad espacio para las Unicornio! –les gritó Lila mientras las dos se alejaban.

–Tendrás que pensar en un tema mejor que «El maquillaje caritativo» –respondió Elisabet por encima del hombro.

–¡Lo haremos! –aseguró Lila–. ¡Ya lo verás!

–¡No caerá esa breva! –le dijo Elisabet a Amy con un guiño.

Aquella noche, a la hora de la cena, Jessica dejó que Elisabet hablara la primera sobre la gran noticia de su reportaje para *La Tri-*

*buna*. Deseaba escoger el momento adecuado para anunciar la gran noticia.

Cuando la familia empezó los postres, juzgó que era el momento preciso.

–Mamá, papá, tengo una cosa muy importante que deciros –empezó con el rostro serio.

–¿Ha pasado alguna cosa, pequeña? –se inquietó su madre.

–¡No, mamá! ¡Algo importante! ¡Tengo mi primera cita! –exclamó Jessica.

Steven, que estaba bebiendo un trago de leche, se atragantó y la arrojó tosiendo encima del plato.

–¡Steven! ¡Eres un grosero! –exclamó Jessica.

–Lo que es grosero es esa noticia sobre tu primera cita –replicó su hermano limpiando la leche con unas servilletas de papel.

Jessica alzó la barbilla desafiante y miró a sus padres esperando su aquiescencia.

–¿Qué quieres decir con eso de *una cita*? –preguntó el señor Wakefield con expresión preocupada–. ¿Te refieres a salir con un chico?

–Claro que se trata de un chico, papá –explicó Jessica en tono paciente–. Aaron Dallas me ha pedido que lo acompañe el sábado de la semana que viene a ver el partido de los Lakers.

–¿Os acompañan sus padres? –preguntó la señora Wakefield.

Jessica hizo un movimiento afirmativo. Al parecer, sus padres no parecían tan emocionados como ella pensaba que estarían. ¿Acaso no comprendían lo importante que era para ella su primera cita?

La señora Wakefield pareció aliviada.

–Creo que, en ese caso, no hay problema. ¿Qué opinas, Ned?

–Siempre que se trate de un partido y que los padres de Aaron se hagan responsables, no le veo inconveniente –declaró el padre de las gemelas. Guiñó un ojo a su esposa–. ¡No me gustaría privar a Jessica del placer de ver a los Lakers!

–No hay derecho –rezongó Steven–. ¿Por qué Aaron ha de malgastar una magnífica entrada contigo? ¿No sería mejor que llevara a alguien que aprecie de veras el deporte? Por ejemplo, yo mismo.

–Tu hermana es una magnífica jugadora de baloncesto, Steven –le recordó su padre–. Estoy seguro de que disfrutará mucho con el partido.

–Sigo diciendo que no hay derecho –murmuró Steven.

Cuando acabaron de limpiar los platos, Elisabet y Jessica subieron a sus habitaciones para hacer los deberes de la escuela. Antes de empezarlos, Elisabet abrió el ejemplar de *La Tribuna* que le había dado el señor Bowman y se puso a leer con gran atención el artículo publicado. Pero apenas había llegado a la mitad, cuando Jessica entró en la habitación frotándose la frente.

–¿Qué te pasa, Jess? –le preguntó Elisabet, dejando el periódico.

Su hermana se sentó al borde de la cama.

–Tengo un dolor de cabeza espantoso. He estado leyendo lo que el señor Bowman nos ha encargado y me parece que he trabajado demasiado.

–Pero si sólo hace veinte minutos que hemos subido.

Con un movimiento dramático, Jessica se dejó caer sobre la cama de su hermana al tiempo que se restregaba los ojos.

–¡Jamás podré acabar esto! ¿No puedes decirme cómo acaba la historia, Lisa?

–Viven felices para siempre.

Jessica sonrió aliviada.

–Ya me lo imaginaba.

Elisabet movió la cabeza.

–¿No crees que deberías leer toda la historia? ¿Y si el señor Bowman nos pone un examen?

–No lo hará –respondió Jessica en tono grave–. Sólo hace dos días que nos lo dio.

–Pero...

–Y además –le interrumpió Jessica–, ¡esta noche no puedo concentrarme! Cada vez que intento leer, veo a Aaron sentado en la mesa de las Unicornio... –suspiró–. Lisa, tiene los ojos castaños más hermosos del mundo.

–¿Te gusta de veras, no?

Jessica hizo un signo afirmativo con expresión soñadora.

–*Muchísimo*. –Y se incorporó con los codos apoyados en la cama–. Y ahora que me acuerdo. Tengo trabajo.

–¿Te refieres a los deberes?

–¡No! –exclamó Jessica, echándose a reír y levantándose de un salto–. ¡He de decidir la ropa que me pondré mañana! Es importantísimo que presente mi mejor aspecto.

–¿Para impresionar a Aaron? –preguntó Elisabet.

–Para impresionar *a todo el mundo* –respondió Jessica en un tono como si fuera la cosa más natural del mundo–. Mañana los ojos de todos estarán fijos en mí.

–¿Por qué? –Elisabet no lo entendía.

Jessica se apartó el pelo de la cara.

–¡Porque tu hermana es el centro de las conversaciones de toda la Escuela Media de Sweet Valley! Porque mañana todos sabrán que tengo una cita con Aaron.

–¿No crees que exageras un poco, Jess? Ya sé que estás muy emocionada por lo de la cita, pero ir a un partido de baloncesto con un chico y su familia no es precisamente una noticia de primera página.

Jessica se puso en jarras.

–¿No te has fijado en las caras que ponían Lila y Amy después del entrenamiento de las Animadoras? ¡Estaban verdes de envidia!

–Quizá Lila estuviera celosa, pero no creo que a Amy le importara. Lo único que digo es que no te entusiasmes demasiado.

Jessica levantó los brazos al cielo.

–No se puede discutir contigo, Lisa. Sencillamente, no comprendes las responsabilidades de ser popular.

Y, girando en redondo, salió de estampía de la habitación.

«Ha empezado muy pronto con las citas. ¡No sé si podré soportarlo!», se dijo Elisabet.

# III

–¡Jessica Wakefield! ¡Si no dejas el baño libre de inmediato, tiraré la puerta al suelo! –amenazaba Elisabet el jueves por la mañana–. ¡Vamos a llegar tarde a la escuela!

Jessica abrió unos centímetros la puerta.

–No es necesario que grites así –dijo con toda calma–. ¿Qué importa llegar unos minutos tarde, si hoy he de tener mi mejor aspecto?

Elisabet la miró echando chispas por los ojos.

–Tendrás el *peor* cuando acabe contigo si no me dejas el baño a la de tres. ¡Una, dos...!

–¡Está bien, está bien! –cedió Jessica, abriendo la puerta de par en par.

Elisabet entró en el cuarto de baño y se quedó boquiabierta. Había ropa tirada por todas partes y el lavabo rebosaba de bisutería y maquillaje.

–Ya lo limpiaré más tarde –dijo Jessica en tono indiferente mientras se aplicaba brillo a los labios.

–¿No es el perfume más caro de mamá eso que huelo? –preguntó Elisabet acercándose a Jessica y olisqueando el aire.

–A los chicos les gusta que una chica huela bien.

–Quizá sí, pero apuesto que a mamá no le gustará que hayas usado su perfume.

–¡Sólo me he puesto unas gotas! –protestó Jessica mientras admiraba su imagen en el espejo.

–Entonces, ¿cómo es que hueles como una fábrica de perfume?

–¿Cómo me encuentras? –preguntó la interpelada sin hacer caso del comentario de su hermana.

–Bien. Pero no entiendo que hayas tardado una hora en arreglarte.

–¿Te gusta mi conjunto?

Elisabet asintió con un movimiento de la cabeza mientras ponía pasta de dientes en el cepillo.

–No pareces muy entusiasmada.

–Jess, te he visto esa falda morada un trillón de veces. Ya sabes que me gusta.

–¿No crees que también le gustará a Aaron?

–¿Y cómo quieres que lo sepa? –Elisabet echó una ojeada al reloj–. Me quedan sólo cinco minutos para cepillarme los dientes, peinarme y llegar a la escuela, Jess. ¿No podríamos hablar de Aaron en otro momento?

–¡Cinco minutos! –exclamó Jessica– ¡Apresúrate, Lisa! ¡Por tu culpa llegaré tarde a la escuela!

La mirada que Elisabet le asestó convenció a Jessica de la conveniencia de esperar a su hermana en el vestíbulo. Salió volando del cuarto de baño justo en el momento en que su hermano Steven estaba a punto de bajar por la escalera.

Steven olisqueó el aire con expresión intrigada.

–¿Qué es eso que huele tan mal?

–Es un perfume muy sofisticado llamado Memorable –declaró Jessica en tono frío.

–¿Y que has hecho? ¿Echarte encima la botella entera? –Steven se tapó la nariz con dos dedos–. Efectivamente, creo que serás memorable. –Se cogió el cuello con las dos manos y bajó la escalera tambaleándose al tiempo que gritaba–: ¡Auxilio! ¡No puedo respirar!

Jessica estuvo a punto de replicar, pero se lo pensó mejor y se metió en el cuarto de baño para quitarse algo de perfume. Aunque no le gustaba admitirlo, Steven podía tener razón. Si a él no le gustaba como olía, a

Aaron también podía desagradarle. Al fin y al cabo Steven era un chico... aunque fuera su hermano.

Durante toda la mañana, en la escuela, Jessica no pudo pensar en nada más que no fuera Aaron.

«Claro que es una cosa natural», se decía.

Por todas partes donde iba, el tema de conversación de cualquier grupo era su próxima cita. Incluso al pasar por el vestíbulo, unas alumnas a los que no conocía le sonrieron con movimientos de cabeza. Se sentía como una celebridad.

Se pasó la mayor parte de la clase de matemáticas escribiendo las iniciales A.D. Cuando, hacia el final de la clase, oyó a la señora Wyler que mencionaba su nombre, despertó sobresaltada de su ensimismamiento.

–¿Sí? –respondió tapando el bloc con la mano.

La señora Wyler dio unos golpecitos impacientes en la pizarra con el yeso.

–El resultado de esta ecuación, por favor.

Afortunadamente, era un problema sencillo y Jessica hizo unos rápidos cálculos mentales.

–Quinientos cincuenta y siete –respondió con seguridad.

En la clase se oyeron algunas risitas.

–¿Has dicho quinientos cincuenta y siete? –preguntó la señora Wyler mirándola fijamente a través de las gafas.

Jessica echó una mirada de reojo a Lila y a Ellen. Por las sonrisas de éstas, adivinó que pasaba algo que ella ignoraba.

–Ejem... sí –respondió, fingiendo tranquilidad–. Quinientos cincuenta y siete.

Volvieron a oírse unas cuantas risitas. Jessica escrutó la pizarra.

«¿Qué pasa? La respuesta es clara», se dijo.

–¿Quieres explicarme de dónde has sacado esa cifra? –preguntó la profesora en tono paciente.

Jessica se agitó en su asiento.

–He sumado los números –respondió.

–¿Y desde cuando se suma cuando hay un signo menos en la ecuación?

–¿Un signo menos? –Jessica volvió a mirar la pizarra forzando la vista. Efectivamente, en la ecuación había un signo menos.

–¿Señora Wyler? –dijo Lila levantando la mano–. Yo sé la respuesta exacta. Son cuatrocientos noventa y dos.

Jessica le lanzó una mirada irritada a la que respondió Lila con una sonrisa de superioridad.

«Lo ha hecho porque tiene celos de

Aaron», se consoló Jessica. Sin embargo, se sentía molesta por no haber visto el signo menos. De fijarse bien, habría dado el resultado correcto.

Se encogió de hombros y se ensimismó de nuevo. Al acabar la clase, ya había olvidado por completo el error de la ecuación. Al salir, se reunió con Lila y Ellen.

–Me muero de ganas de que llegue la hora de comer –les comentó–. ¿Creéis que Aaron volverá a sentarse a nuestra mesa?

Lila se encogió de hombros.

–Espero que no. No podría resistir otra conversación sobre baloncesto.

–¡Y tanto! –corroboró Ellen. Husmeó en el aire y preguntó intrigada a Jessica–: ¿Qué perfume llevas?

–Se llama Memorable ¿Te gusta?

–¿Te has bañado con él? –preguntó Lila con retintín.

Jessica se olió la muñeca.

–Estaba segura de que me había quitado una buena parte. Además –añadió en tono defensivo–, estoy segura de que a Aaron le gustará.

–Lo dudo –declaró Lila.

–¿Quién tiene una cita con él? ¿Tú o yo? –protestó Jessica.

Lila soltó un suspiro de fastidio.

–¡Aaron, Aaron, Aaron! ¿Es que no puedes hablar de otra cosa?

–Exacto. ¿No puedes hablar de otra cosa menos aburrida? –añadió Ellen.

–¡Muy bien! –estalló Jessica–. ¡Sabía que las dos estabais celosas!

Apoyada en la taquilla, Jessica vio cómo se alejaban sus dos amigas.

«Tendré que acostumbrarme. La gente popular siempre despierta envidias», se dijo.

–Hola, Jessica.

Jessica alzó la vista y vio a Mandy Miller ante ella. Hacía tiempo que Mandy no hacía otra cosa que andar detrás de las Unicornio. Éstas se burlaban de la ropa de ocasión que vestía la chica y, a veces, se habían divertido llevándola detrás como un perrito. A Mandy parecía caerle muy bien Jessica, cosa que agotaba la paciencia de ésta.

Pero aquel día la acogió de buena gana.

–Hola, Mandy. Supongo que ya te has enterado de lo de Aaron y yo, ¿verdad?

–*Todo* el mundo lo sabe –sonrió Mandy–. Sois la pareja más popular después de Romeo y Julieta.

–Gracias –dijo Jessica no muy segura de si Mandy bromeaba–. ¿Te gustaría que te contara cómo fue?

42

–Claro que sí –aceptó Mandy de buena gana.

–¡Magnífico! ¡Qué agradable es encontrar a alguien a quien la envidia no se la come! Todo comenzó en la mesa de las Unicornio... –empezó Jessica mientras ambas se alejaban por el pasillo.

–Hoy hemos de tratar sobre algo muy importante –anunció Janet a la hora de comer.

–¿Te refieres a mi cita? –preguntó Jessica, abriendo la bolsa de patatas.

–Ya sé que cuesta creerlo, Jessica, pero *no* se trata de eso –replicó Janet.

–Tenemos cosas más importantes de que hablar –remachó Lila.

Jessica miró al cielo. Era evidente que todas las Unicornio la envidiaban. Echó una mirada por el comedor esperando ver a Aaron, pero no lo vio por parte alguna.

–¿Os habéis enterado del trabajo periodístico que llevará a cabo Elisabet? –comentó Janet.

–¿Y qué tiene que ver eso con nosotras? –replicó Jessica.

–El artículo de Elisabet se publicará en *La Tribuna de Sweet Valley* –prosiguió Janet–; quizás en primera página. ¡Es nuestra gran oportunidad de dar a conocer a las Unicornio! ¡Incluso podría incluir fotografías!

–Pero Elisabet dijo que el tema del artículo trataría de buenas obras hechas por alguien –repuso Jessica–. Como cuando yo ayudé a limpiar la playa después del vertido de petróleo... Algo así.

–Esto no significa que no seamos capaces de hacer algo caritativo para asegurarnos de que Elisabet tenga que hablar de nosotras –arguyó Lila.

–Y es una buena oportunidad para superar el fracaso que sufrimos con la edición de nuestro propio periódico –añadió Janet.

Todo el mundo guardó silencio. A nadie le gustaba recordar aquella *humillante* experiencia. Cuando *Sexto Grado* no publicó un artículo de Jessica acerca de las Unicornio, éstas habían intentado crear un periódico propio a base de noticias solamente relativas al grupo. Obviamente, la publicación había tenido una vida muy corta.

–Supongo que tienes razón, Janet –admitió finalmente Jessica–. Si apareciéramos en *La Tribuna*, todo el mundo se enteraría de la existencia de las Unicornio. La publicidad obtenida sería mil veces mejor que la que pudimos conseguir con nuestro periódico.

–¿Pero qué podríamos hacer para que Elisabet publicara algo sobre nosotras? –preguntó Ellen abriendo su brik de leche.

–El tema es sobre estudiantes que destacan –recordó Janet.

–¿Y qué quiere decir eso? –preguntó Kimberly.

–Cosas nobles... y todo eso –comentó Jessica.

–Buenas acciones –añadió Lila mientras desenvolvía su bocadillo de atún.

–Hemos de conseguir algo realmente grande –declaró Janet con gravedad–. Tendremos que competir con un montón de chicos y chicas que tienen más experiencia que nosotros en hacer cosas altruistas. Hemos de reflexionar profundamente.

–Podemos hacer una lista –propuso Belinda sacando el bloc y un lápiz–. ¡Estoy preparada!

Durante varios minutos, nadie dijo una palabra.

–Quizá podríamos recaudar dinero para una buena acción –sugirió Jessica.

–¡Gran idea! –aplaudió Janet–. Pero, ¿cuál?

Jessica se encogió de hombros.

–No sé....

–Debe ser algo que beneficie a toda la escuela –apuntó Mary–. No sólo a las Unicornio.

–Muy bien, Mary –alabó Janet.

–¡Ya lo sé! –exclamó Lila–. ¡Uniformes nuevos para las Animadoras!

Janet movió la cabeza.

–Hemos dicho que debía beneficiar a todo el mundo, Lila.

Ésta frunció el ceño.

–Cuando actuamos todo el mundo nos mira. ¿No crees que ver uniformes nuevos serviría?

Janet reflexionó sobre la idea.

–Anótalo, Belinda.

–¿Y un aparato de televisión para la sala de estudio y así podríamos seguir los seriales que nos interesan? –sugirió Ellen.

–¡Mucho mejor! –decretó Janet–. Serviría para todo el mundo y a todos les gustaría.

–Pero una tele es muy cara –apuntó Jessica–. Y el artículo de Elisabet ha de aparecer dentro de dos semanas. No tendremos tiempo de conseguir el dinero.

–Además, ¿quién decidiría el canal que veríamos? –indicó Janet con muy buen sentido–. Pero no anotes esta sugerencia –le dijo a Belinda–. El director no nos permitiría tener un aparato de televisión.

El grupo permaneció en silencio durante unos minutos.

–¡Ya lo tengo! –gritó Kimberly–. ¿Qué es

lo que siempre decimos que se necesita en los vestidores de las chicas?

–¿Desodorante? –aventuró Lila.

Kimberly alzó la mirada al cielo antes de responder:

–¡No! *¡Rizadores!*

–¡Brillante! –exclamó Janet–. Compraremos un par de rizadores y los dejaremos en los vestuarios para que todas las chicas puedan usarlos después de hacer gimnasia. Es una manera excelente de destacarnos sin tener que trabajar en nada.

–Y sin gastar demasiado dinero –añadió Ellen.

–Hay un problema –dijo Belinda en tono tranquilo–. ¿Qué me decís de los chicos? ¿No debería ser alguna cosa que sirviera tanto para las chicas como para los chicos?

Janet se dejó caer contra el respaldo de la silla.

–Tienes razón, Belinda –suspiró–. Creo que eso de las buenas obras es mucho más difícil de lo que parece.

–Si queremos aparecer en el artículo de Elisabet, hemos de encontrar algo que ella considere noble –dijo Jessica–. Y mi hermana *no usa* rizadores.

–Bien, ¿tienes alguna otra idea? –preguntó Ellen.

Jessica reflexionó con todas sus fuerzas.

–¿Y algo para la biblioteca? –sugirió al fin–. Podríamos comprar libros o algo por el estilo. O quizá una nueva enciclopedia. La vieja huele a moho.

–La bibliotecaria me dijo que se debe a las goteras del tejado del año pasado.

–Jessica, me parece que has hecho una buena sugerencia –declaró Janet aprobadoramente–. Elisabet no podrá negarse a escribir un artículo sobre nosotras cuando le digamos que vamos a comprar una nueva enciclopedia. Es perfecto.

–Pero, ¿con qué dinero la pagaremos? –indicó Mary.

–Ya lo decidiremos más tarde –sentenció Janet–. Creo que hemos de celebrar una reunión especial el sábado. No nos queda mucho tiempo. Pero en mi casa no puede ser. Pintan la sala este fin de semana.

–Podemos hacerlo en la mía –propuso Jessica, satisfecha de destacar entre las Unicornio.

En aquel momento, Aaron Dallas pasó al lado de la mesa de las chicas, cargado con la bandeja de la comida.

–Hola, Jessica –le dijo sonriendo mientras pasaba.

–Hola Aaron –respondió ella en un tono tan dulce como el arrope.

–¡Ay, que vomito! –exclamó Lila haciendo el gesto.

–¡Hola, Aaron! –la imitó Ellen con una aguda vocecita.

Pero Jessica ni se enteró. Estaba demasiado ocupada sonriendo a Aaron.

El martes por la tarde, tal como había predicho Elisabet, el señor Bowman les puso un examen sobre la historia que les había dado y que Jessica no se había molestado en acabar de leer la noche anterior. Así que, cuando oyó que le pedía que se quedara un momento después de la clase, no le extrañó.

Jessica se quedó sentada en su mesa mientras el resto de los alumnos salía. Cuando Aaron pasó por su lado, se dispuso a sonreírle pero alguien se interpuso entre ellos.

–Siento mucho el examen que he hecho –se precipitó a decir así que se quedó a solas con el señor Bowman–. Anoche tenía un terrible dolor de cabeza y no pude acabar la lectura. Le prometo que la próxima vez sacaré una nota máxima.

El señor Bowman se echó a reír.

–¡Un momento! No te he hecho quedar para hablarte del examen, aunque ciertamente espero que recuperes el tiempo perdido.

–¿Ah, no? –exclamó Jessica, aliviada.

El señor Bowman movió la cabeza.

–¿Has tenido dolor de cabeza reciente-
mente?

–Sí –respondió Jessica–. En especial cuando leo de noche.

–Y también he notado que, cuando miras
la pizarra, fuerzas la vista.

–¿Yo? ¿Forzar la vista?

Jessica se inquietó. No le gustaba el tono
de la voz del señor Bowman. Era un profesor que solía bromear, pero en aquel momento estaba muy serio.

–Creo que deberían examinarte la vista,
Jessica –dijo con suavidad.

–¿Examinarme la vista? –repitió ella vaci-
lante.

–Sí, Jessica. Creo que necesitas gafas.

# IV

Jessica lanzó un alarido.

–¡Gafas!

Asustada, echó una mirada alrededor para asegurarse de que no la había oído nadie. ¡Sólo faltaría que corriera el rumor!

–No estarás segura hasta que no te examinen la vista –continuó el señor Bowman en tono tranquilizador–. Pero no creas que, si necesitas gafas, Jessica, será el fin del mundo. –Y añadió sonriendo–: Algunas gentes muy a la moda las llevan.

Jessica miró la corbata de lunares y la sosa camisa del profesor y se preguntó qué entendería por moda.

–Las gafas son para bobalicones como Randy Mason o Lois Waller –declaró enfáticamente–. Las Unicornio no llevan.

El fruncimiento de cejas del profesor le indicó que éste no estaba en absoluto de acuerdo, pero le daba igual. Era cierto. Ella no era el tipo de persona que llevara gafas.

Era popular, era bonita y tenía una cita con Aaron Dallas.

Pero no tenía ninguna intención de discutir con un profesor y menos con uno cuyo examen seguro que había suspendido.

Le dedicó una de sus mejores sonrisas y le dijo con dulce mansedumbre:

–Señor Bowman, le aseguro que veo *bien*, pero le agradezco mucho su preocupación.

«Esto lo arreglará. Los profesores son colaboradores», pensó.

Sin embargo, el señor Bowman repuso manoseando la corbata:

–Sólo para asegurarse, Jessica, sigo creyendo que deberías ir al oculista.

Jessica clavó la mirada en el suelo.

–De acuerdo –dijo–. Se lo diré a mis padres.

«Ni en mil años», añadió silenciosamente.

–Muy bien. Por si quieren tener más datos, he redactado esta nota para ellos. –Y le dio un sobre que sacó del bolsillo.

«¡Un millón de gracias!», pensó indignada mientras cogía el sobre de mala gana.

–Entrégalo a tus padres –insistió el profesor.

–Lo haré –murmuró Jessica–. Pero, de veras, señor Bowman, yo no necesito gafas. Sólo son para gente que estudia todo el tiempo.

–¿Estás segura de lo que dices? –preguntó el profesor sonriendo.

Las mejillas de Jessica enrojecieron.

–Quiero decir que sólo llevan gafas los idiotas.

El señor Bowman se llevó la mano al bolsillo y extrajo del mismo un par de gafas grandes de montura negra. Se los puso y sonrió.

–No te aconsejo que llegues a conclusiones precipitadas, Jessica. Yo llevo gafas para leer y, ciertamente, no soy ningún idiota.

Jessica le contempló ataviado con sus gafas negras y la corbata de lunares. No necesitó ninguna otra demostración.

¡Por nada del mundo la atraparían con unas gafas puestas!

Mientras iba a casa en compañía de Elisabet, Jessica reflexionaba en lo que le había dicho el señor Bowman. Cuanto más pensaba en ello, más se irritaba. ¡Cómo se había atrevido a sugerir que ella no veía bien! Cerró un ojo, lo abrió y cerró el otro. Vio perfectamente las casas, la acera, los coches, la señal de stop...

–Lisa –dijo en tono indiferente al volver la esquina y entrar en la calle sombreada de árboles donde vivían–, ¿puedes leer la matrícula de aquel coche azul aparcado delante de casa?

Elisabet entornó los ojos.

–No. Está demasiado lejos. ¿Por qué?

–Sólo por curiosidad –replicó Jessica con alivio. La vista de Elisabet no era mejor que la suya y si su hermana no necesitaba gafas, ella tampoco. ¡Después de todo eran gemelas *idénticas*!

–¿No te pasa nada, Jess? –le preguntó Elisabet cuando entraban en la avenida de los Wakefield–. Has estado muy silenciosa.

–¿Qué quieres que pase? –replicó Jessica en tono indiferente. Miró la mochila con sus libros y observó que la carta del señor Bowman sobresalía ligeramente. Rápidamente, la metió hacia dentro al entrar en la cocina.

Mientras Elisabet se quedaba hablando con su madre, Jessica subió directamente a su habitación. Sacó el sobre y lo miró al trasluz sintiendo la tentación de abrirlo para saber lo que decía. Pero decidió no hacerlo. Ya lo sabía: «Queridos señores Wakefield, su hija es más ciega que un topo...»

La cuestión era qué hacer con la carta. Si la tiraba a la basura, alguien podría verla. Sería mucho más seguro esconderla en su habitación, por lo menos de momento. A ella también le costaba mucho encontrar nada, tan grande era el desorden en que tenía sus cosas.

De repente, tuvo una brillante idea. ¡El colchón! A nadie se le ocurriría mirar allí. Apartó un montón de ropa que estaba tirada encima de la cama y levantó una esquina del colchón. Durante una fracción de segundo sintió cierta sensación de culpa por ocultar la carta de un profesor, pero no había ninguna necesidad de preocupar a sus padres. Les haría un favor apartando de la circulación aquella estúpida nota.

Metió la nota debajo del colchón tan adentro como pudo.

–¿Jess? –preguntó Elisabet abriendo unos centímetros la puerta.

–¿Qué? –se sobresaltó Jessica, soltando el colchón de golpe y dándose la vuelta–. ¿Has de entrar siempre como una espía en mi habitación, Lisa?

Ésta entró.

–He llamado, pero por lo visto no me has oído.

–¡Por lo visto crees que, encima, también estoy sorda!

–¿De qué estás hablando?

–No importa –respondió Jessica, dejándose caer en el borde de la cama.

Elisabet entornó los ojos.

–¿Qué estabas escondiendo debajo del colchón?

–¿Escondiendo?

–No intentes engañarme, Jess –dijo Elisabet poniéndose en jarras–. Te conozco.

Jessica cogió una falda del suelo y empezó a doblarla. A veces, cuando Elisabet hacía según que preguntas, era mejor fingir que no la oía.

–Jess, será mejor que me lo cuentes. De cualquier manera me lo tendrás que decir.

–No tiene importancia –afirmó Jessica.

–Claro. Por eso lo has escondido debajo del colchón. –Elisabet se sentó en la cama a su lado–. Hay algo que te preocupa. Dímelo. A lo mejor puedo ayudarte.

Jessica respondió con una risa forzada:

–El señor Bowman cree que necesito gafas ¿No es increíble?

–¡Gafas! –exclamó Elisabet–. ¿Y por qué lo dice?

–Sólo porque, a veces, fuerzo la vista cuando miro la pizarra y porque, últimamente, he tenido dolor de cabeza. Pero esto le pasa a un montón de gente. De veras, Lisa, veo perfectamente –le aseguró.

–¿Y el papel que escondías habla de esto?

Jessica asintió con desmayo.

–El señor Bowman me ha dicho que lo dé a los papás.

Elisabet reflexionó.

–No opino que sea una mala idea examinarte la vista. Sólo para quedarte tranquila. –Y le dedicó una sonrisa alentadora–. Aunque ya sabemos que el señor Bowman se equivoca.

Jessica se levantó de golpe.

–*¡No necesito gafas!* Y aunque las necesitara, no las llevaría en la vida. No quiero ser el hazmerreír de toda la escuela. Las Unicornio me expulsarían. Tendría que relacionarme con Randy Mason y Lois Waller. ¡Sería una marginada social!

Elisabet se esforzaba por mantenerse seria, pero Jessica advirtió que se le escapaba la risa.

–¡Me alegro de que te divierta! –exclamó irritada–. A lo mejor también tú tienes que hacerte examinar la vista. Después de todo, somos gemelas. Si yo necesito gafas, seguro que tú también tendrás que llevar.

–A mí no me importaría –respondió Elisabet con toda tranquilidad–. Hay unas monturas realmente preciosas. Por ejemplo, me gustan las que lleva Sara Hayward.

–Deja el tema, ¿quieres?

–De acuerdo, pero creo que deberías dar la carta del señor Bowman a los papás.

–Ya lo pensaré –replicó Jessica en tono adusto–. Pero, por ahora, ¿me harás el favor de no decir nada?

Elisabet suspiró.

–Está bien.

–De acuerdo –dijo Jessica aliviada–. ¿Qué querías?

–Ah, casi se me olvidaba. Quería proponerte salir a dar una vuelta en bicicleta. Steven me ha ajustado las barras del volante y quería probarlas. Nos sobra tiempo antes de cenar.

–Claro –accedió Jessica–. Sólo necesito cambiarme de ropa.

Quince minutos más tarde, las gemelas rodaban en bicicleta. Era una tarde maravillosa. Jessica empezó a sentirse mejor. Resultaba difícil continuar preocupada por el señor Bowman en un día como aquél, especialmente con las cosas tan emocionantes que le estaban pasando, como la cita con Aaron.

–¿A dónde vamos? –preguntó Elisabet mientras pedaleaban calle abajo.

–Tengo una idea –dijo Jessica en tono fingidamente indiferente–. ¿Por qué no vamos a la Avenida Myrtle?

–¿Myrtle? ¿Qué hay allí?

–Querrás decir *quién* hay allí... –dijo Jessica con una sonrisa pícara–. Anoche lo descubrí buscando en el listín telefónico.

–¿Quizás en la sección de la D? ¿La D de Dallas? –sugirió Elisabet.

–Sólo tenía curiosidad por saber donde vive Aaron –continuó Jessica en el mismo tono de indiferencia mientras se paraban en un cruce–. ¿Qué más da que vayamos hacia allá? Sólo está a unas pocas manzanas de distancia.

–Pero, ¿y si te lo encuentras?

–¡Precisamente se trata de *eso*! –Jessica miró hacia lo alto con impaciencia. A veces, su gemela no se enteraba de nada.

Las chicas giraron por una esquina. Mientras rodaban por la amplia y soleada avenida, Elisabet habló acerca del proyecto de los Periodistas Jóvenes.

–Hasta ahora tengo seleccionados tres grupos.

–¿Sólo tres grupos? –bromeó Jessica–. Yo creía que Sweet Valley rebosaba de gente altruista donde escoger.

Elisabet sonrió.

–Está el Glee Club que organiza sesiones de canto coral para residencias de la tercera edad. Después está el Club de Ajedrez que juega por correo con chicos de otros países. Amy sugirió tratar de los dos chicos que estudian para el Concurso Nacional de Gramática.

Jessica la escuchó con alivio. A nadie se le había ocurrido una tarea tan altruista como la sugerida por ella de comprar una enciclopedia nueva.

–No desestimes a las Unicornio, Lisa –le dijo–. Me parece que vas a llevarte una sorpresa.

–¿Las Unicornio? –Elisabet se echó a reír–. La cosa más importante que habéis hecho es votar por vuestra estrella favorita de los seriales de la tele.

Jessica arrugó el entrecejo.

–¿Quién ganó? No lo recuerdo.

–¿Me lo preguntas *a mí*?

–No importa ¡Ya me acuerdo! Jake Sommers en *Días tormentosos* –explicó excitada.

Elisabet gruñó.

–Es un actor excelente, Lisa –insistió su hermana–. Y, además, es increíblemente atractivo.

–¿Tanto como Aaron? –bromeó Elisabet.

Las mejillas de Jessica enrojecieron.

–*Casi*.

Llegaron arriba de la colina e hicieron una pausa.

–Allí está –anunció Elisabet–. La Avenida Myrtle.

–Aaron vive en el 518.

Elisabet levantó una ceja.

–¿Te lo sabes de memoria?

Jessica le dedicó una mirada medio amenazadora. A medida que pasaban por la calle, iba examinando la numeración de las casas con las cejas fruncidas.

–Por los números, debe vivir al final de la calle, abajo de todo.

–¿Y, ahora, qué hacemos? ¡Me siento casi como una espía! –rió Elisabet.

–Actúa con naturalidad –dijo Jessica–. Bajaremos por la calle hasta que localicemos el número. Entonces volveremos a pasar por delante... si nos atrevemos.

–¡Y parecerá muy natural! –comentó Elisabet.

Jessica empezó a pedalear con lentitud revisando la numeración. Aceleró dejando a su hermana más atrás.

–506, 508, 510... –Fue contando aunque, para verlos, tenía que acercarse a poca distancia de los mismos.

De repente, de reojo, vio un pedazo de papel blanco en el suelo. Lo ignoró y centró de nuevo la atención en los números de las casas.

De súbito, se encontró con un par de ojos verdes que la miraban aterrorizados. El pedazo de papel no era tal ¡sino un gatito blanco paralizado de miedo delante de la rueda delantera de su bicicleta! Jessica oprimió los frenos con desesperación y la rueda se paró con tal fuerza que, de la sacudida, perdió el control de la bicicleta que se tambaleó violentamente.

Finalmente la bici se paró de golpe, al contrario de Jessica quien, aterrorizada, se dio cuenta ¡de que volaba por los aires!

# V

–¡Jess! –gritó Elisabet–. ¿Estás bien?

Jessica se sentó lentamente frotándose los codos. No parecía tener nada dañado salvo su orgullo. Buscó la bicicleta con la mirada. Yacía en el suelo un poco más lejos de un buzón marcado con el número 518.

¡518! ¡Era la casa de Aaron!

Elisabet dejó su bicicleta en la acera y corrió al lado de su hermana.

–¿Te has hecho daño?

–No, estoy bien –musitó Jessica, levantándose a toda prisa–. ¡Vámonos, Lisa! ¡Es la casa de Aaron!

–¡Eh, Jess! ¿Estás bien?

Antes ni siquiera de darse la vuelta, Jessica supo que se trataba de Aaron.

–¡Oh, no! –murmuró–. ¡Qué humillación!

Aaron saltó la cerca de su jardín y se acercó corriendo a Jessica.

–¿Qué ha ocurrido? –preguntó sin aliento–. ¡He oído un golpe muy fuerte!

Jessica se peinó el pelo con los dedos.

–Sólo estaba ensayando una nueva figura de las Animadoras –bromeó.

–Ha querido evitar un gato blanco –explicó Elisabet.

–¿Un gato blanco? Seguramente se trata de Barney, el idiota de mi gato. –Aaron movió la cabeza disculpándose–. Lo siento mucho, Jessica. Este gato tiene la inteligencia de un mosquito.

–No es culpa tuya, Aaron –le tranquilizó Jessica–. No lo he visto hasta... que ha sido demasiado tarde.

Aaron le tocó el hombro ligeramente.

–Pero podías haberte hecho mucho daño.

Jessica se había quedado sin habla con la vista fija en la mano de Aaron tocándola.

–¿Os gustaría tomar alguna cosa, un refresco? –preguntó el chico desmañadamente mientras apartaba la mano.

–¿Un refresco? –repitió Jessica con una sonrisa bobalicona estampada en la cara.

–Gracias Aaron, pero hemos de volver a casa –dijo Elisabet, arrastrando a su hermana por el brazo hacia la bicicleta tumbada en el suelo.

–Hasta mañana en la escuela –se despidió Aaron.

–¡Hasta mañana! –repitió Jessica sin dejar de sonreír.

Elisabet cogió la bicicleta y se la dio a su hermana.

–¿Serás capaz de bajar de la nube y pedalear hasta casa? –bromeó.

–¿Te has fijado, Lisa? –musitó Jessica–. Aaron me ha tocado en el hombro.

–Muy romántico –aceptó Elisabet–. ¿Podemos irnos ya a casa?

Al subir a la bicicleta, Elisabet miró preocupada a su hermana.

–¿No habías visto el gato?

–En realidad pensaba que era un pedazo de papel arrugado –respondió Jessica sin darle importancia–. Cuando he visto que era un gato apenas he tenido tiempo de reaccionar. –Echó una última mirada a la casa de Aaron antes de empezar a pedalear–. ¿Verdad que tiene unos ojos maravillosos? –preguntó soñadora.

–Sí, pero no estoy tan segura de los tuyos –respondió Elisabet.


Jessica casi había olvidado la carta del señor Bowman cuando el viernes entró en clase de lengua. Afortunadamente, mientras entraba con Lila y tomaba asiento, el profesor estaba ocupado hablando con otro alumno.

Entonces Aaron entró en la clase y se acercó a Jessica.

–¿Cómo estás? –le preguntó sonriendo.

Jessica notó que tenía una sonrisa cautivadora. Lo encontró adorable.

–Muy bien –respondió–. Gracias por venir a auxiliarme ayer.

De reojo, advirtió que Lila fingía vomitar.

–Cuando quieras –dijo Aaron. Miró al señor Bowman–. Será mejor que me siente. Hablaremos más tarde.

–Tanto romanticismo me pone enferma –rezongó Lila.

–Espera a tener la *primera* cita –replicó Jessica con una sonrisa altanera–. ¡Claro que en tu caso, va para largo!

El señor Bowman empezó a hablar y Lila tuvo que limitarse a hacerle una mueca irritada.

Cuando sonó el timbre, indicando el final de la clase, Jessica recogió los libros y se dirigió hacia la puerta. Pero a medio camino, oyó que el señor Bowman la llamaba.

–Quisiera hablar un momento contigo –le dijo.

Jessica se acercó a la mesa del profesor esperando que se tratara de la mala nota que había sacado en el examen del día anterior y no del escrito que le había dado para sus padres.

–¿Sí? –preguntó mientras echaba una ojeada a la clase por encima del hombro para asegurarse de que ningún alumno se daba cuenta de nada.

–Sólo quería saber cómo iban las cosas con tu problema de la vista –dijo el profesor.

–Oh, bien... –respondió Jessica en tono indiferente.

–¿Tus padres ya han concertado una visita con el oculista? –insistió el señor Bowman.

Jessica se colocó una mecha de pelo detrás de la oreja.

–Todavía no. Ayer era demasiado tarde.

–Ya... –comentó el profesor frotándose la barbilla–. Bien, que tengas un buen fin de semana, Jessica.

Jessica soltó un suspiro de alivio.

«¡Me he salvado!», pensó.

–Y usted también, señor Bowman –dijo en voz alta.

–¡Y sobre todo lee mucho! –añadió el profesor mientras ella se alejaba.

–¡Lo prometo!

«¡Por los pelos!», iba pensando Jessica a medida que llegaba al vestíbulo camino de la salvación. En realidad, no había mentido, y el lunes, con suerte, al señor Bowman se le habría olvidado aquella estúpida cuestión de su vista.

–¡Qué bien que sea viernes! –exclamó Jessica, entrando aquella misma tarde en la cocina de su casa.

–¡Y tanto! –corroboró Elisabet, tirando la bolsa de los libros encima de una silla y dirigiéndose al armario de la cocina en busca de un bocado de algo.

Jessica se sentó.

–Ha sido una semana emocionante, ¿verdad, Lisa?

–Ciertamente –intervino la señora Wakefield entrando en la cocina. Su cara, habitualmente risueña, ostentaba un fruncimiento de cejas–. Ha habido el artículo de Elisabet para *La Tribuna*, la cita de Jessica y además... –Se dirigió a ésta última–... nos hemos enterado del problema de tu vista.

Jessica engulló la saliva con dificultad.

–¿El problema de mi vista?

La señora Wakefield se puso en jarras.

–¿Cuándo pensabas hablarnos de ello, Jessica? ¿Dentro de diez años?

–¡Elisabet! –gritó Jessica–. ¡Me prometiste que no dirías nada!

–¡No lo he hecho! –protestó su hermana.

–Me has dado un gran disgusto, Jessica –continuó su madre–. Los ojos no son cosa de broma. ¿Por qué no nos has dicho que tenías dificultades con la vista?

–¡No los tengo! –negó Jessica–. Veo muy bien, mamá.

–El señor Bowman dice que tienes dificultades para leer lo que hay en la pizarra. Y te has estado quejando de dolores de cabeza. –La señora Wakefield dio unos golpecitos en la espalda de su hija–. Llevar gafas no es ningún drama, hija. Un montón de gente atractiva los lleva.

–¡Dime una! –exclamó Jessica.

La señora Wakefield sonrió.

–¿Qué me dices de tu padre? Se los pone para leer.

Jessica rezongó:

–Pero él es *un hombre*. Eso no cuenta. –E increpó a su hermana con una mirada furiosa–: ¡Nunca te perdonaré que lo hayas dicho, Elisabet!

–Jessica, tu hermana no tiene nada que ver con que nos hayamos enterado –replicó la señora Wakefield–. El señor Bowman ha llamado unos minutos antes de tu llegada preguntando si nos habías entregado la nota que te dio.

–Oh... –Jessica miró a su hermana, implorante–. Perdona, Lisa. Me he dejado llevar por el berrinche.

Elisabet se encogió de hombros.

–No te preocupes, Jess. Ya sé que no te sientes bien.

–¿Dónde está exactamente esa nota, Jessica? –preguntó la señora Wakefield.

–Arriba, en mi habitación –confesó Jessica, añadiendo con una débil sonrisa–. Debajo de mi colchón.

Una sonrisa se dibujó en el rostro de su madre.

–Debías estar muy desesperada, Jessica. Tendría que enfadarme contigo, pero sé lo que opinas de las gafas, hija. Sin embargo, prométeme que la próxima vez que tengas un problema, no nos lo ocultarás. ¿De acuerdo?

Jessica asintió con un movimiento de la cabeza.

–Ya he concertado una cita con el doctor Cruz para el lunes por la tarde –continuó la señora Wakefield–. Es el oculista de tu padre.

A Jessica se le encogió el estómago.

–¿El lunes? ¡Eso es muy pronto! –exclamó–. ¿No podríamos esperar un poco? ¿Por ejemplo hasta el verano?

La señora Wakefield revolvió el pelo de su hija.

–No. No puede ser. Además, no cuesta nada ver de qué se trata. A lo mejor no necesitarás ponerte gafas. Y en caso de necesitarlas, hay unos modelos preciosos que te estarán muy bien.

–Eso es lo que yo le dije –añadió Elisabet.

Jessica contempló alternativamente a su madre y a su hermana imaginándolas con gafas puestas. Mentalmente lo encontró ridículo.

Y dentro de dos días *ella* también estaría ridícula.

Las lágrimas inundaron sus ojos y descendieron a chorro por sus mejillas.

–¡No entendéis nada! –gritó.

Y salió corriendo de la cocina, subió a su habitación y cerró la puerta de golpe.

–¿Jess? –Elisabet llamó suavemente a la puerta de la habitación de su hermana.

–Vete.

–Por favor, ¿puedo hablar contigo?

Aunque Elisabet consideraba una tontería la posición de Jessica, no le gustaba verla disgustada.

–Bueno –dijo la voz apagada de su hermana.

Elisabet abrió la puerta. Jessica estaba tendida boca abajo en la cama con la cara oculta por la almohada. Giró lentamente la cabeza para mirar a su hermana. Tenía el rostro enrojecido y congestionado de tanto llorar.

–Jess –le dijo Elisabet con suavidad, sentándose en la cama junto a ella–, ¿no crees que exageras un poco?

Jessica sorbió ruidosamente por la nariz.

–Para ti es muy fácil decirlo. No serás tú la que tenga el aspecto más horroroso del universo. –Se dio la vuelta en la cama–. Lisa, ¿qué va a pensar Aaron cuando me vea el martes en la escuela llevando gafas?

–Si dejas de gustarle sólo porque llevas gafas, no vale la pena ni siquiera que empieces a perder el tiempo con él –declaró Elisabet con toda lógica.

–Pero... ¡Aaron me gusta!

Elisabet la miró sorprendida. Había supuesto que Jessica estaba más emocionada por el hecho de tener una primera cita que por el chico en sí.

–¿Realmente te gusta de veras?

Jessica se secó una lágrima con el dorso de la mano haciendo un signo de asentimiento.

–A lo mejor no necesitas gafas. No hay razón para angustiarte de este modo.

–La verdad es que... –Y Jessica respiró hondamente antes de confesar–... últimamente, la vista me ha molestado bastante.

–Recuerdo que en la clase de ciencias nos dijeron que las zanahorias eran buenas para la vista. A lo mejor tendrás que darte un atracón de zanahorias antes de ver al doctor Cruz –dijo Elisabet riendo.

Jessica se sentó.

–¡Qué gran idea, Lisa!

–¡Pero si ha sido una broma!

Pero su hermana no pareció escucharla.

–¿Recuerdas aquella película antigua que vimos hace unas semanas en la tele? Un chico tenía una vista muy mala y se la mejoró con unos ejercicios.

–¿Ejercicios? –Elisabet no lo recordaba.

–Sí. Durante horas iba siguiendo el movimiento de un lápiz que hacía mover de derecha a izquierda.

–Pero eso era una película antigua, Jess. Nadie te garantiza que ese ejercicio sea bueno para la vista.

–¿Y qué voy a perder? Vale la pena intentarlo, ¿no crees? –Saltó de la cama, cogió un lápiz y empezó a moverlo frente a sus ojos de derecha a izquierda.

–¿Quieres hacerme un favor, Lisa? –dijo sin apartar la mirada de los movimientos del lápiz.

–Claro. ¿De qué se trata?

–Ve abajo y tráeme algunas zanahorias. Sólo tengo dos días para corregir los ojos y no quiero perder ni un minuto.

Elisabet se puso en pie.

–¿Cuántas zanahorias quieres?

–Tantas como encuentres –respondió Jessica.

–Ya voy. Y, Jess....

–¿Eh...?

–Recuerda que, si esto no funciona, seguramente podrías llevar lentes de contacto.

Jessica bajó el lápiz y miró a su hermana con sombría determinación.

–No te preocupes –dijo en tono de completa seguridad–. El lunes tendré la vista bien.

# VI

–¿Palitos de zanahoria para desayunar? –preguntó Steven el domingo por la mañana al entrar en la cocina.

Jessica estaba sentada a la mesa masticando la décima zanahoria de la mañana.

–Te convendría comer zanahorias. Están llenas de vitamina A –informó a su hermano mientras le ofrecía un palito.

–No, gracias –dijo Steven con una mueca–. Me quedo con los cereales.

Jessica cogió otro palito de zanahoria y se lo alejó y acercó a los ojos, siguiendo el movimiento con la vista.

Steven se sentó y la miró divertido.

–Jess, ¿puedo preguntarte una cosa?

–Claro –dijo Jessica quien, después de alejar el palito de zanahoria tanto como se lo permitía la longitud del brazo, lo colocó casi en la punta de la nariz.

–¿Te propones hipnotizarte?

Jessica le pegó un mordisco al palito de zanahoria y sonrió.

–Estoy mejorando la vista.

Steven se cruzó de brazos.

–Muy bien, no me digas la verdad si no quieres.

–¡Es cierto!

–Entonces, una vez hayas conseguido mejorar la vista, tendrás que dedicarte al cerebro –se burló su hermano.

Jessica cogió el último palito y se levantó.

–Me importa un rábano lo que digas, Steven. Yo sé que esto funciona.

Cerró primero un ojo y luego el otro, mirando el periódico de la mañana que estaba sobre la mesa. Las palabras *La Tribuna de Sweet Valley* de la parte superior de la página eran perfectamente legibles. Cierto que se trataba de las letras más grandes del periódico, pero se quedó satisfecha. Al menos era un comienzo. Para el lunes ya estaría completamente curada.

Aquella tarde, las Unicornio llegaron a casa de Jessica para celebrar su reunión especial. Decidieron sentarse en el patio trasero de los Wakefield.

Janet Howell se tendió en la tumbona. Llevaba gafas de sol.

–¿Ya estamos todas? Belinda ha dicho que tardaría un poco, pero creo que podríamos empezar. Tenemos mucho trabajo si queremos tener lista la captación de fondos para que Elisabet la incluya en su artículo. Por cierto, Jessica, ¿dónde está tu hermana?

–En casa de Amy Sutton –respondió Jessica, comiéndose una zanahoria–. No tardará en volver.

–Bien –aprobó Janet–. Quiero que nos dé su opinión acerca de nuestra idea. –Se quitó las gafas y miró a Jessica–. ¿Por qué comes zanahorias? ¿Haces una nueva dieta?

–No, pero me gustan –alegó Jessica a la defensiva–. Son muy buenas para la salud.

–¿Puedo coger una? –pidió Janet.

–No. Las necesito *todas* –se negó Jessica.

–Eres una gran anfitriona... –rezongó Janet con un movimiento brusco de la cabeza.

En aquel momento apareció Belinda por las puertas correderas del patio.

–Siento llegar tarde –se disculpó–. Me ha tocado hacer de canguro de mi hermanito toda la mañana.

–¡Oh, es tan lindo! ¡Deberías verlo! –exclamó Ellen.

–Realmente es adorable. Pero no me gustaría tener que compartir las atenciones de mi

77

padre con otro hermano o hermana. Prefiero ser hija única –declaró Lila con un suspiro de satisfacción.

–Si pudiéramos hablar de lo que hemos de hacer... por favor... –manifestó Janet en su tono más impositivo–. Tengo una idea maravillosa para recoger dinero.

–¿Dinero para qué? –preguntó Lila, contemplándose una uña.

–Para nuestra «buena obra» –le recordó Janet con impaciencia.

–Ah, sí –rió Lila–. Me había olvidado.

–Hace unos meses mi hermano mayor tomó parte en una maratón kilométrica para recaudar dinero con fines caritativos –explicó Janet–. Y he estado pensando que las Unicornio podríamos patrocinar una caminata de este tipo.

–¿Y qué es exactamente una «maratón kilométrica»? –preguntó Ellen.

–Cada persona que participa en la caminata ha de encontrar gente que dé dinero por cada kilómetro que camine. Mi hermano encontró a diez personas que pagaron cada uno un dólar por cada kilómetro recorrido. Recorrió quince con lo que recaudó ¡150 dólares en una tarde!

–¡Uau! –exclamó Belinda–. ¡Imaginaos el dineral que podríamos obtener!

–¡A lo mejor hasta alcanzaría para comprar los rizadores! –añadió Ellen esperanzada.

–Un momento –interrumpió Lila frunciendo el ceño–. ¿Significa eso que hemos de *caminar* todo un día? ¿Durante *kilómetros*?

–No necesariamente –explicó Janet–. Podríamos convencer a algunos alumnos para que caminaran ellos. Las Unicornio sólo se ocuparían de la organización.

Lila asintió con un movimiento de aprobación.

Jessica engulló la última de las zanahorias. Apenas había prestado atención a lo que había dicho Janet. Lo cierto era que estaba tan preocupada por su propio problema que le importaba muy poco que la escuela consiguiera una enciclopedia nueva. Pero tenía una sugerencia que hacer.

–Yo tengo otra idea –declaró en tono tranquilo.

–¿Cuál, Jessica? –preguntó Janet.

–En lugar de una caminata, ¿por qué no la hacemos con patines? Una «maratón de patinaje». Podríamos celebrarla en la pista de patines.

–¡Una idea maravillosa! –aplaudió Mary–. ¡A todo el mundo le gusta patinar!

–Y la gente podría aportar dinero por cada hora que se patinara –murmuró Janet–. Lo

79

único que hay que hacer es convencer al dueño de la pista para que nos la preste durante unas horas.

–Pero está cerrada por remodelación –recordó Ellen–. No la abrirán hasta el próximo sábado.

–¡Oh, me había olvidado! –exclamó Jessica.

–Mi padre conoce al propietario –intervino Belinda–. Puedo pedirle que hable con él para que abra la pista un día antes por una buena causa.

–¡Perfecto! –Janet sonrió–. Si tu padre puede arreglar lo de la pista, incluso tendremos menos trabajo. Ahora, lo que hemos de hacer es pintar unos carteles para distribuirlos por toda la escuela. Los patinadores se encargarán de recoger el dinero de sus patrocinadores y entregárnoslo. Lo daremos a la biblioteca y, en menos de nada, ¡apareceremos en la portada de *La Tribuna*!

–¿Y cómo podremos estar seguras de que Elisabet escribirá su artículo sobre nosotras? –preguntó Ellen.

–Lo hará –declaró Janet convencida.

–¿Qué es lo que yo haré? –preguntó Elisabet al entrar en el patio seguida de Amy.

–Cuando oigas la buena obra que han planeado las Unicornio, estamos seguras de que seremos la estrella de tu artículo «Estudiantes que destacan» –explicó Janet.

Elisabet y Amy se sonrieron mutuamente.

–Vamos a ayudar a la biblioteca –anunció Lila en tono grandilocuente.

–¿Y cómo vais a hacerlo? –preguntó Amy con escepticismo–. ¿Pintándola de color púrpura?

–Queremos recaudar fondos –explicó Jessica en tono defensivo.

–¡Lo creeré cuando lo vea! –exclamó Amy mirando al cielo.

–¡Vamos a comprar una enciclopedia nueva para la biblioteca! –se enfadó Janet.

Elisabet miró a Amy y estalló en carcajadas. Explicó a las irritadas Unicornio:

–Lo siento chicas, pero esa idea vuestra... –Hizo una pausa sin que ella y Amy pudieran contener la risa–. Oh, Amy... ¡No puedo contenerme!

Janet se quedó mirando como Elisabet y Amy volvían al interior de la casa.

–Jessica –dijo con un brillo de ira en la mirada–, antes de que esto acabe, hemos de dar una lección a esa hermana tuya.

A la una del mediodía del lunes, Elisabet y Jessica estaban en la puerta de la Escuela

Media de Sweet Valley esperando a su madre que vendría a recogerlas.

–Me encanta salir temprano de la escuela –declaró Jessica, apoyándose en el asta de la bandera clavada en el césped–. Pero no me gusta tener que ir al oculista.

–Anímate, Jess –la consoló Elisabet–. Has dicho que te parecía que tenías los ojos mejor. Quizá no necesites gafas.

–He estado mirando tantas horas ese lápiz que me parece que me he quedado bizca –se lamentó Jessica–. Y he comido tantas zanahorias que es un milagro que no se me haya puesto la piel amarilla. –Se acercó a su hermana–. Dime la verdad, Lisa. ¿Me he puesto de color amarillo?

Elisabet hizo un mohín.

–Quizás un poquito....

–¡Lo sabía! –se encolerizó Jessica–. ¡Seré la única chica bizca de la escuela con la piel amarilla y con gafas! ¡Las Unicornio no querrán saber nada de mí! ¡Sin mencionar a Aaron!

En aquel momento, la señora Wakefield entró con el coche por la avenida que daba a la entrada de la escuela e hizo sonar el cláxon.

Jessica miró a su gemela y suspiró.

–Supongo que, cuanto antes acabemos, mejor.

Las chicas subieron al coche. Durante todo el trayecto a casa del oculista, Jessica se la pasó mirando lúgubremente por la ventanilla y no dijo ni palabra hasta que entraron en la sala de espera.

–¿Lisa? –dijo angustiada mientras su madre llenaba unos formularios en la mesa de la recepcionista–. Cuando el médico me mire los ojos, ¿crees que podré engañarlo?

–¿Engañarlo? Lo dudo, Jess.

Pero cuando la enfermera las llamó para que entraran en la consulta, Jessica estaba decidida a urdir cualquier plan para engañar al médico. Presentía que era el único modo de escaparse del peligro. Íntimamente no creía que el lápiz ni las zanahorias hubieran hecho gran cosa por sus ojos.

Se sentó en una silla acolchada y esperó al oculista. Al cabo de un minuto , entró el doctor Cruz. Era un hombre de rostro grave, de pelo oscuro y espeso y grandes gafas de montura negra que aumentaban considerablemente el tamaño de sus ojos.

«No me cae nada bien», se dijo Jessica con desprecio.

–¿Jessica Wakefield? –preguntó el oculista mirando la tarjeta.

–Sí –respondió ésta en tono simpático–. No sé porque estoy aquí, doctor. Tengo la vista perfectamente, pero mi madre se preocupa mucho por mi salud y después resulta que la cosa no valía la pena.

–No creo que la vista sea una cosa que no valga la pena, Jessica –replicó el médico oculista con gravedad.

–Pero yo veo perfectamente. Le veo a usted muy bien y a aquella banqueta de allá. –Miró alrededor de la habitación–. Y aquel retrato de su perro de encima de la mesa. ¿Es suyo ese perro?

–No, precisamente –respondió el doctor Cruz–. Es mi nieto.

–Oh, lo siento –dijo Jessica enrojeciendo.

–No has de disculparte de nada. No es culpa tuya que no hayas visto bien la foto, pero sí lo será si *no* haces nada por corregir el problema.

Jessica suspiró. El médico hablaba igual que un profesor.

–Ahora voy a apagar las luces. –El doctor Cruz hizo girar un interruptor de la pared y la habitación quedó a oscuras. Un pequeño círculo de luz apareció en la pared frente a Jessica–. Te voy a mostrar lo que parece una letra E. Tendrás que decirme en qué dirección tiene los brazos. Señálalos con la mano o di derecha, izquierda, arriba o abajo. ¿Comprendes?

Jessica asintió con la cabeza. La primera imagen de la letra era fácil de ver.

–Derecha –dijo con seguridad. Pero la siguiente era más pequeña y la veía ligeramente borrosa. Arrugó la frente forzando la vista–. Izquierda –dijo al fin.

–No fuerces la vista. Mira con naturalidad –le dijo el doctor Cruz.

–Es una costumbre que tengo –replicó Jessica–. No tengo necesidad, pero lo hago.

La próxima imagen era todavía más pequeña y ni siquiera forzando la vista podía distinguirla con claridad. No estaba segura de la respuesta, pero dijo:

–Ummm... ¿Arriba?

–Lo siento, Jessica –dijo el doctor Cruz–. Ahora te taparé un ojo. –Le tapó el derecho con una especie de paño–. ¿Lo ves ahora?

–¡Sí! ¡Abajo! –exclamó alborozada.

–Correcto –cambió nuevamente la imagen y le tapó el otro ojo.

–Izquierda –dijo Jessica correctamente–. ¿No se lo había dicho? Veo bien.

–Ciertamente, cada ojo por separado ve bien, pero los dos juntos tienen dificultades de enfoque –respondió el médico. Y añadió reflexivo–. Tendríamos que hacerte más exámenes, pero de momento tengo buenas noticias. No tendrás que llevar gafas...

–¡Magnífico!

–... más que un par de meses a lo sumo.

Veinte minutos más tarde, Jessica volvía a la sala de espera y se dejaba caer con semblante sombrío en una silla al lado de Elisabet.

–¿Qué ha dicho el doctor Cruz, hija? –preguntó la señora Wakefield solícitamente.

–Que mi vida ha terminado –declaró Jessica.

# VII

–¿Qué quiere decir que *tú* no necesitas gafas? –gritó Jessica a Elisabet–. ¡Somos gemelas! ¡Por tanto, también has de llevarlas!

El doctor Cruz había llamado a Jessica y a la señora Wakefield a su despacho después de examinar la vista de Elisabet. Dedicó una sonrisa consoladora a Jessica.

–El hecho de que seáis gemelas no significa que vuestra vista haya de ser igual –repuso.

–¡No es justo! –se lamentó Jessica.

–En realidad, deberías estar satisfecha porque hemos detectado el problema a tiempo –continuó el doctor Cruz–. Podemos reforzar los músculos de los ojos, pero sólo a condición de que lleves gafas durante unos meses.

–¡Unos meses! ¡Eso es una eternidad! –siguió protestando Jessica.

–Si no te las pones ahora, tu vista empeorará –aseguró el médico. Dio un papel a la señora Wakefield–. Ésta es la receta para las gafas de Jessica. En el Centro Comercial hay una óptica muy buena que se las harán en una hora.

–¿Una hora? –volvió a exclamar Jessica en tono patético–. ¿No podemos ir a otra parte donde tarden un poco más? ¿Unos años, por ejemplo?

A despecho de las protestas de Jessica, saliendo de la consulta del doctor Cruz, la señora Wakefield llevó a las gemelas al Centro Comercial sin pérdida de tiempo. Cuando llegaron a la puerta del Centro de la Visión, Jessica hizo una pausa y miró alrededor con nerviosismo.

–Lisa –pidió–, ¿me prometes que vigilarás por si hay alguien conocido? Si ves algún chico o chica de la escuela me avisas.

–No te preocupes –aseguró Elisabet–. Me quedaré de vigía en la puerta.

A Jessica le pareció que entraba en un lugar fuera de este mundo. Los empleados del Centro de la Visión llevaban batas blancas y *todos* gafas. Era la única tienda en la que jamás se le había ocurrido entrar.

La señora Wakefield se acercó a una bandeja llena de monturas y escogió una de color rosa.

–Pruébate éstas, Jessica –dijo.

Jessica miró a Elisabet que hizo un signo de asentimiento.

–No hay moros en la costa, Jess.

De mala gana, Jessica se las puso. Se sentía muy extraña. La nariz le picaba y, donde fuera que mirara, siempre veía de reojo los contornos de la montura, como si hubiera tenido un par de ventanas a cada lado de la cara.

Además, advirtió algo muy extraño.

–No tiene cristales –observó.

–Primero has de elegir la montura y, después, de acuerdo con lo prescrito por el doctor Cruz, te colocarán los cristales que necesitas –explicó su madre.

–Estas gafas te caen muy bien, Jess –observó Elisabet desde la puerta.

Jessica se miró en un espejo.

–¡Uf! –exhaló viendo su imagen dominada por la montura de color rosa. Era como si, de repente, la Jessica que estaba acostumbrada a ver hubiera desaparecido.

–Hola, me llamo Julie. ¿Les puedo ayudar a elegir una montura? –dijo una señora bajita de pelo castaño rojizo y vestida con la inevitable bata blanca y unas gafas enormes de armadura de color rojo–. ¿Les gusta algún estilo en particular?

–¡Sí! –respondió Jessica arrancándose la montura de la cara–. Alguna invisible.

Julie cogió la montura y sonrió agradablemente.

–Seguro que es la primera vez que te pones gafas.

–Y la última, espero.

–Tienes unos ojos azules preciosos. ¿Por qué no pruebas éstas? –Julie le dio otra montura de una caja distinta. Estaba hecha de un fino material de un suave color violeta.

Jessica se la puso y se miró en un espejo con el ceño fruncido.

–Esta montura acentúa el color azul de tus ojos –afirmó la vendedora.

–Te dan un aspecto muy atractivo, Jess –corroboró la señora Wakefield.

–¡Déjame ver, Jess! –le pidió su hermana.

Jessica se dio la vuelta para que Elisabet la viera.

–¡Preciosas! –alabó ésta con entusiasmo–. Yo también me las pondría.

Jessica la miró dubitativa y devolvió la montura a Julie.

–¿Y éstas? –dijo señalando unas de montura metálica.

Durante una hora entera, Jessica se estuvo probando todas las monturas posibles. Tenía que admitir que había algunas que le estaban mejor que otras, pero todas sufrían del mismo problema básico:

–No importa cuál sea la que me pruebe. ¡Sigo pareciendo que llevo gafas! –se lamentó.

–Las llevas –afirmó Julie, eligiendo otra montura de otra caja. Miró fijamente a Jessica–. Créeme, la primera vez que me puse gafas tenía catorce años y me pareció que el mundo se hundía a mi alrededor. Pero ahora me gusta llevarlas.

Jessica contempló las monturas de color rojo de la dependienta. A ella no le quedaban mal, pero cuando se probó otras similares, se encontró sencillamente horrible.

–Pero a *usted* le quedan bien –tuvo que admitir.

–Y también a ti –le aseguró Julie–. Sólo debes acostumbrarte.

–Al cabo de pocos días, ni siquiera te darás cuenta de que las llevas –afirmó la señora Wakefield.

–Es posible, ¡pero los demás sí se darán cuenta! –protestó Jessica.

La señora Wakefield miró el reloj.

–Hija, decide qué montura prefieres. Se hace tarde.

Jessica se encogió de hombros.

–Con todas parezco horrible.

–Me gustan las de color violeta que te has

probado al principio –manifestó Elisabet–. Como siempre te pones algo de color púrpura, harán juego con tu ropa.

–A mí también me gustan –dijo la señora Wakefield.

–Y a mí también –añadió la vendedora–. Encajan muy bien con tus rasgos.

–Está bien –aceptó Jessica con aspecto resignado–. Si os gustan ésas, de acuerdo. Y suspiró–: ¡Como vosotras no tenéis que llevarlas...!

Mientras esperaban a que hicieran los cristales, la señora Wakefield llevó a sus hijas de compras. Les dijo que podían escoger la prenda de ropa que les gustara más de Kendall's, la boutique favorita de las gemelas.

Normalmente, Jessica hubiera saltado de alegría ante la idea de comprarse ropa, pero ahora deambulaba desganada entre las hileras de estanterías.

–¿No encuentras nada que te guste, Jess? –preguntó su madre mirando unas blusas.

Jessica movió lentamente la cabeza. Sabía que su madre intentaba animarla y se lo agradecía mucho, pero se sentía demasiado deprimida.

–Da igual la ropa que lleve, mamá –dijo en tono desmayado–. Lo único que verá la gente serán mis gafas. No hay modo de camuflarlas.

–¡Jess! ¡Mira qué he encontrado! –exclamó Elisabet, precipitándose al encuentro de su hermana. En la mano tenía una falda púrpura con un *top* a juego.

Los ojos de Jessica se iluminaron por un breve segundo.

–¡Lila y yo competimos para comprarlo la última vez que estuvimos en la tienda, pero ninguna tenía el dinero suficiente! Lila quiso cargarlo a la cuenta de su padre, pero estaba de viaje y el empleado necesitaba su conformidad.

–Pues será mejor que te decidas porque es el último que queda. –Elisabet guiñó el ojo a su madre.

Jessica tocó las dos piezas.

–Es un conjunto *realmente* encantador –murmuró ensimismada.

–¡Magnífico! –exclamó Elisabet, metiendo el conjunto con su colgador en las manos de su hermana.

«Pero sigo pensando que, en lugar de ver el conjunto, sólo se fijarán en las gafas –pensó Jessica mientras, con el conjunto puesto, se miraba en el espejo. Le estaba extraordinariamente bien. A Aaron le encantaría–. ¡Si no tuviera que arruinarlo con las dichosas gafas!»

De repente, se le ocurrió una idea brillante. Sonrió astutamente a su imagen del espejo. El hecho de necesitar gafas no significaba que ¡tuviera que llevarlas!

–Tienes razón, Lisa –afirmó con entusiasmo–. ¡Me lo llevo!

Después de que Elisabet hubo escogido una blusa, la señora Wakefield fue hacia la caja para pagar la ropa de sus hijas. Jessica empujó a Elisabet fuera del alcance del oído de su madre.

–No dirás a nadie que necesito gafas, ¿verdad Lisa? –le susurró.

–Claro que no, pero lo verán igual, Jess.

–Ya lo sé –respondió Jessica–. Pero me propongo acostumbrarlos poco a poco.

Elisabet arrugó la frente.

–Pero el doctor Cruz ha dicho....

–Ya sé lo que ha dicho el doctor Cruz, pero déjame hacerlo a mi modo, ¿de acuerdo? –Dedicó una mirada implorante a su gemela–. Por favor, Lisa.

Elisabet vaciló.

–De acuerdo.

Jessica lanzó una mirada triunfante a su imagen reflejada en un gran espejo y sonrió. Tendría un aspecto arrebatador con su nuevo conjunto... ¡*sin* las gafas!

–¡Jessica! ¡Estás maravillosa! –alabó el señor Wakefield a la mañana siguiente cuando su hija entró en la cocina llevando las gafas recién estrenadas.

–Gracias, papá. Eso ya me lo dijiste precisamente anoche.

–Y lo repito. Tienes un aspecto de lo más sofisticado –insistió el señor Wakefield.

–A pesar de las gafas, claro –manifestó Jessica–. Donde sea que mire, lo único que veo es la montura. Quizá debería devolverlas y probarme otras.

–Te acostumbrarás en seguida –le aseguró su padre. Tomó un poco de café–. En un par de días no siquiera te acordarás.

En aquel momento, Steven entró en la cocina. Miró a su hermana Jessica y se quedó con la boca abierta.

–¿Te has fijado en las nuevas gafas de Jess, Steven? –preguntó el señor Wakefield en tono de advertencia–. No es preciso que digas nada si no quieres...

–Cierra la boca, Steven. Te van a entrar moscas –añadió Jessica.

–Es que estás...

–¡Steven...! –exclamó su padre en tono de aviso queriendo decir: «Cuidado con lo que dices».

–... muy guapa –terminó Steven–. De veras, tienes un aspecto magnífico, Jess.

Se dirigió a la nevera pero, todo y estar de espaldas, Jessica estaba segura de que su hermano se reía por lo bajo.

–¿Ya estás lista, Jess? –dijo Elisabet asomando la cabeza por la puerta de la cocina.

–A punto –respondió aquella cogiendo la bolsa de los libros.

–Creía que ibas a ponerte el conjunto nuevo –comentó Elisabet cuando salieron a la calle.

–He decidido guardarlo para mi cita con Aaron. –Jessica hizo una pausa para escudriñar la calle arriba y abajo–. ¿Ves a alguien, Elisabet? ¿Alguien de la escuela?

Elisabet sonrió comprensiva.

–Ni un alma. No hay moros en la costa.

Las dos chicas emprendieron el camino hacia la escuela.

–Tienen razón los que te dicen que dentro de unos días ni te acordarás de que llevas gafas –dijo Elisabet al llegar a la esquina.

Jessica no dijo nada. Se había quedado unos pasos atrás.

–¿Jess? –dijo Elisabet dándose la vuelta–. ¡Jess! ¡Tus gafas! ¿Dónde están?

–Las he guardado en la bolsa.

–Pero has de... –empezó a protestar Elisabet.

–Ya sé lo que he de hacer, Lisa, pero primero necesito acostumbrarme. Es como estrenar zapatos. Confía en mí, ¿quieres?

–Bien... De acuerdo –aceptó Elisabet lentamente.

–Me prometiste que no dirías a nadie que llevo gafas, ¿recuerdas?

Elisabet hizo un movimiento afirmativo con la cabeza.

–Pero te las pondrás pronto, ¿verdad?

–¡Eres la mejor hermana del mundo, Lisa! –exclamó Jessica sin responder a la pregunta.

–Es que creo...

–¡Mira, Mandy Miller! –la interrumpió Jessica señalando hacia adelante–. ¡Mandy! –gritó.

La interpelada se volvió y las saludó con la mano.

–¡Jessica! –exclamó claramente sorprendida. Echó a correr hacia las gemelas–. ¿Me llamabas *a mí*?

–Claro –dijo Jessica en su tono más natural–. ¿Por qué no?

–No sé... –dijo la otra chica poniéndose al lado de las gemelas–. Normalmente actúas como si yo fuera invisible.

Pero Jessica no respondió. Habían llegado a la escuela y había visto a Lila que la saludaba con la mano.

–¿Te das cuenta? –comentó Mandy dirigiéndose a Elisabet. Arregló uno de los tirantes amarillos que sostenían el macuto de los libros y se encogió de hombros sin acritud.

–Jessica tiene un montón de cosas en la cabeza –la disculpó Elisabet.

–¿Qué? –preguntó Jessica al oír su nombre–. Oh, perdona, Mandy. ¿Qué decías?

Mandy abrió la boca para responder pero en aquel momento llegó Lila.

–¡Por fin has llegado! –exclamó–. Janet me ha estado volviendo loca desde que he entrado en la escuela. Ayer, Mary y Belinda hicieron los carteles para la recaptación de fondos y se supone que tú eres la encargada de colgarlos.

–¿De qué recaptación habláis? –preguntó Mandy con curiosidad.

–Han hecho docenas –continuó Lila sin atender lo más mínimo a la pregunta de Mandy–. ¿Podrás colgarlos todos?

Jessica miró a Mandy y sonrió dulcemente.

–No te preocupes, Lila. Creo que he encontrado la solución.

–¿Cómo va el artículo para *La Tribuna*? –preguntó Amy a Elisabet al entrar el mediodía en la cafetería.

–He hablado con el Club de Ajedrez sobre su proyecto –explicó Elisabet–, pero me parece que no valdrá mucho la pena.

–¿Por qué?

–Porque jugar al ajedrez por correspondencia no lo encuentro muy emocionante ni veo qué ventaja puede tener para la comunidad. Quiero que el artículo sea realmente especial.

Cerca de la entrada de la cafetería vieron a Mandy Miller quien, con mucho esmero, pegaba con chinchetas a la pared un cartel de muchos colores que se veía hecho a mano.

–«Maratón de patinaje» –leyó Amy en voz alta–. ¿Qué es esto?

–«Ayudad a recaudar dinero para la Fundación Unicornio en pro de la Biblioteca –leyó también Elisabet–. El viernes, de seis a diez de la noche se reciben las ofertas para patrocinar patinadores y ayudar a la Escuela Media de Sweet Valley a contar con una enciclopedia nueva».

Amy soltó unas risitas.

–¿Ahora se dedican a eso?

–¿Y por qué cuelgas tú este cartel, Mandy? –preguntó Elisabet.

–Me encargo de todos. Jessica me lo ha pedido como un favor especial –respondió Mandy muy orgullosa.

–Eres tremendamente amable. Espero que ella lo aprecie.

Elisabet conocía a su hermana y sabía que, en ocasiones, se aprovechaba de los demás.

–No me importa –declaró Mandy–. Es para una buena causa.

–Me lo imagino –respondió Elisabet en tono de duda.

–¡Lo haces muy bien, Mandy! –exclamó la voz de Jessica que, en aquel momento, se acercaba en compañía de Janet, Ellen y Lila.

–¿Qué te parece? –preguntó Janet a Elisabet.

–Es una buena idea –respondió ésta–. Pero...

–¿Pero qué? –preguntó Lila.

–Que no lo creeremos hasta que lo veamos –respondió Amy.

–Es que resulta difícil creer que las Unicornio sean capaces de una cosa como ésta –añadió Elisabet con total franqueza–. Recaudar dinero da mucho trabajo.

No dijo que, aunque las Unicornio llevaran su propósito hasta el final, estaba segura de que no harían más que liarlo todo.

–Limítate a guardar espacio para nosotras en tu artículo –replicó Janet.

–¿Para que pueda explicar los problemas que organizaréis? –se burló Amy.

Janet sonrió orgullosamente.

–No olvides el bloc de notas el viernes por la noche, Elisabet –respondió en tono frío–. Creo que vas a llevarte una *buena* sorpresa.

# VIII

–¡Jessica hace dos días que te hicieron las gafas y aún no te las has puesto! –exclamó Elisabet con indignación.

–¡Chisss! –recomendó Jessica poniéndose un dedo en los labios y cerrando la puerta de la habitación–. Ya lo hago, Lisa, pero no puedo llevarlas continuamente. –Y, con una sonrisa de satisfacción, se dejó caer en una silla y se quitó las gafas.

–Sí, pero sólo te las pones en casa cuando pueden verte los papás.

–¿Y qué? Se trata de un comienzo –argumentó Jessica en tono indiferente–. Me estoy acostumbrando. –Se contempló una uña con mirada crítica–. Me pregunto si tendría que pintarme las uñas para la cita del sábado.

–Me pregunto si te pondrás las gafas.

–¡*Por favor*, Lisa! –se quejó su hermana–. ¿Has visto a Aaron, hoy?

–No. ¿Por qué?

–Por nada –Jessica cerró los ojos y suspiró–. Es que hoy estaba súper guapo...

–No creía que eso fuera posible... –ironizó Elisabet.

En aquel momento, llamaron a la puerta.

–¿Puedo entrar, chicas? –dijo la voz de la señora Wakefield.

–¡Rápido! ¡Las gafas! –exclamó Jessica, cogiéndolas velozmente antes de que su madre abriera la puerta.

–¿Ya es la hora de cenar, mamá? –preguntó Jessica de espaldas, colocándoselas a toda prisa.

–Todavía no –respondió la señora Wakefield–. Tu padre y yo hemos pensado que podríamos llevaros al cine, a la primera sesión.

–¿Esta noche? ¿Habiendo clase mañana? –se asombró Elisabet.

–Se trata de esa nueva película que teníais tantas ganas de ver. La del cine Valley. Hemos pensado que el fin de semana estará demasiado lleno.

–¿Te refieres a *Historia de amor*? –quiso confirmar Elisabet muy contenta.

La señora Wakefield asintió.

–Además, Jessica podrá presumir con las gafas nuevas y verá la pantalla mucho más nítida.

–Tengo un montón de deberes, mamá –repuso Jessica.

–Sólo los de matemáticas –le recordó Elisabet–. Te ayudaré a hacerlos antes de la cena.

Jessica le lanzó una mirada de advertencia.

–Muy bien –dijo la señora Wakefield–. Saldremos después de cenar.

–¿Y los platos? –preguntó Jessica.

La señora Wakefield se echó a reír.

–¡Pueden esperar!

–¡Muchas gracias, Lisa! –estalló Jessica así que su madre hubo cerrado la puerta–. ¡Ahora no tendré más remedio que exhibirme delante de todo el planeta con esas espantosas gafas!

–El cine se ve a oscuras –puntualizó Elisabet.

–¿Y a la salida y entrada?

–No te preocupes, Jess –le dijo Elisabet en tono tranquilizador–. Es un día de entre semana. Es poco probable que haya algún alumno en el cine.

Jessica puso los ojos en blanco y gruñó. Tratándose de las gafas no tenía ganas de correr ningún riesgo.

Jessica se hundió en el asiento rogando que se apagaran pronto las luces y aparecieran los créditos de la película.

«Hasta ahora no ha pasado nada», pensó aliviada. El cine sólo estaba medio lleno, mayoritariamente de adultos y estudiantes universitarios.

Steven, sentado a su lado, le alargó el envase de palomitas.

–No, gracias –murmuró ella.

–¿Por qué te sientas de este modo? –le preguntó su hermano–. ¿Acaso quieres echar una siesta o algo por el estilo?

–¡Sólo me pongo cómoda! –dijo Jessica con irritación.

De repente, las luces empezaron a bajar de intensidad y aparecieron las primeras imágenes de la película.

«Por fin. Ya puedo descansar y disfrutar de la película», pensó.

Se irguió en el asiento y se ajustó las gafas. Aunque odiaba reconocerlo, veía mucho mejor la pantalla. Era un descanso no tener que forzar la vista.

Mientras la música acompañaba la lista de los créditos de *Historia de amor* que se sucedían en la pantalla, Jessica se sintió dominar por la emoción. Durante la primera parte de aquella película, se la había pasado en el borde del asiento, ansiosa por saber si la pareja protagonista acababan juntos. Esperaba que la continuación fuera tan emocionante y romántica como la primera. Alargó la mano hacia la bolsa de palomitas que tenía su hermano y cogió un puñado.

–¿Jessica? *¿Jessica Wakefield?*

Jessica se quedó helada con la mano a medio camino. Conocía perfectamente aquella voz.

–¿*Jessica?* –insistió en voz baja una figura oscura desde los asientos vecinos, apenas visible a la escasa luz del film–. Soy yo, Lila. ¿Estoy mal de la cabeza o llevas *gafas*?

Jessica sentía el corazón en la boca. Estaba hundida.

–¿Jess? –insistió Lila.

–¡Silencio! –pidió una voz irritada.

Jessica estaba paralizada. Aunque ignorara a Lila, ésta no se daría por vencida y ella, por su parte, ni siquiera se atrevía a pensar en mirarla a la cara.

Finalmente, soltó el puñado de palomitas en la bolsa de Steven y se levantó.

–Ya vuelvo –dijo en voz baja a sus padres.

–¡*Eres tú!* –exclamó Lila al divisarla mejor–. ¿Qué pasa? ¿No es un poco pronto para Halloween?

–Por favor, ¿se quieren callar? –protestó una voz.

–Vamos, Lila –dijo Jessica empujando a su amiga hacia la salida–. Vamos a hablar.

Se quitó las gafas y se encaminó al vestíbulo. Excepto por la presencia del acomodador, la estancia estaba desierta.

–¿Qué haces aquí? –Fue lo primero que le preguntó Lila.

–Mi padre acaba de llegar de un viaje de negocios y se sentía culpable por haberme dejado mucho tiempo sola –explicó Lila–. Y le he pedido que me trajera a ver la película para estar un rato juntos. –Cogió las gafas de la mano de Jessica y se las probó–. ¿Son tuyas?

Jessica se mordió el labio inferior reflexionando velozmente.

–Son de mi madre –mintió–. Me las estaba probando.

–No sabía que tu madre llevara gafas –replicó Lila en tono de duda.

–Hace poco que las lleva.

Lila se las devolvió y, cruzándose de brazos, declaró:

–Estás mintiendo, Jessica Wakefield.

–No es verdad –replicó ésta, esforzándose en parecer convincente.

Lila se echó hacia atrás la cabellera castaña.

–¿Dónde estabas el lunes por la tarde?

–Tenía una cita con el médico –respondió Jessica de forma automática.

–Claro. Con un oculista –dedujo Lila acertadamente–. Esta montura es demasiado pequeña para ser de tu madre.

Jessica clavó la vista en el suelo con desesperación. Lila la tenía atrapada.

–De acuerdo –admitió–. He de llevar gafas, pero sólo durante muy poco tiempo. Luego, mis ojos volverán a ser normales. Y nadie tiene que saberlo. ¡Lila, espero que mantendrás tu bocaza cerrada!

–*Moi?* –replicó afectadamente Lila, mientras parpadeaba con expresión de inocencia–. ¿A quién crees que se lo diría?

–A todos los del listín de teléfonos de Sweet Valley –replicó Jessica. Era imposible hacer callar a Lila a menos que...–. ¡Lila! –exclamó–. ¿Recuerdas aquel precioso conjunto púrpura que vimos en Kendall's hace unos días? ¿Aquél que queríamos comprar?

Lila asintió.

–Sí. Voy a pedir a mi padre que me lo compre este fin de semana. –El padre de Lila la mimaba en exceso y le daba todo cuanto ella pedía.

–Pues es una lástima porque sólo quedaba uno y lo compré yo el lunes por la tarde para ponérmelo para la cita con Aaron. Claro que no tendría inconveniente en cedértelo si tú...

–¿Si yo no digo ni pío de lo de las gafas? –concluyó Lila.

–Exactamente. Pero no tiene que enterarse ni un alma.

–¿Nunca? –preguntó Lila.

–¡*Nunca!* –respondió Jessica inflexible.

Lila vaciló.

–Con mis pendientes púrpura –añadió Jessica de muy mala gana–. Sólo los he llevado dos veces.

–¡Trato hecho! –exclamó Lila–. ¿Lo traerás mañana a la escuela?

Jessica asintió.

–Ahora volvamos a ver la película. Mi familia se estará preguntando qué me ha pasado.

–No te olvides de traer *mi conjunto* –musitó Lila al volver a sus asientos.

Jessica no respondió. Se sentó, se colocó nuevamente las gafas e intentó concentrarse en la película. Pero cuando terminó, no hubiera podido contar nada de ella en caso de habérselo preguntado alguien. Se dijo que tendría que esperar a verla en vídeo.

–Toma, Lila –dijo Jessica el viernes por la mañana. Ambas estaban delante de la taquilla de Lila, sacando una bolsa de papel del macuto de los libros–. No olvides el trato.

–¿Y los pendientes? –reclamó Lila.

Jessica hizo una mueca. Había esperado que se le olvidaran.

–De acuerdo. –Y metió nuevamente la mano en el macuto–. Toma.

Lila se los probó.

–¿Qué te parecen?

–Que tienes muy buen gusto –replicó Jessica con sequedad.

–He estado pensando, Jess... –añadió Lila mientras examinaba el contenido de la bolsa de papel–. Hay una cosa que completaría el conjunto a la perfección.

–¿Qué?

–¡Tus gafas! –exclamó en medio de grandes risas.

–¡Que bromista! –gruñó Jessica. Echó una mirada alrededor–. No alces la voz ¿quieres?

–No seas paranoica. No me ha oído nadie.

–Muy bien, pues procura mantener tu palabra –insistió Jessica.

–¡Jessica! ¡Me has ofendido! –protestó Lila–. Tu pequeño secreto está completamente a salvo conmigo. Si no puedes confiar en mí, ¿en quién podrás hacerlo?

–En nadie –musitó Jessica.

Y emprendió la marcha por el vestíbulo. Aunque sabía que no podría comprar eternamente el silencio de Lila, de momento sólo quería pensar en la cita del sábado con Aaron y que éste no supiera nada de las gafas. Quizá cuando la conociera un poco más, no le importara que las llevara o no.

–¡Eh, Jessica! –la llamó Lila.

–¿Qué? –Jessica pegó un respingo.

–¿Te importaría venir un minuto?

La dulzura empalagosa del tono de Lila le puso los nervios de punta.

–¿Qué quieres? –le preguntó, volviendo a acercarse a la taquilla de la otra–. Casi es la hora de empezar la clase.

–Esta mañana me duele mucho el brazo. Por lo visto he dormido en mala posición. ¿Te importaría llevarme los libros?

Jessica la miró incrédula.

–¿Llevarte los libros? ¿Estás loca?

Lila se limitó a sonreír.

El vestíbulo había empezado a llenarse de alumnos. Jessica miró el reloj.

–¡De acuerdo! –cedió–. ¡Dame tus estúpidos libros!

Lila capitaneó la marcha hacia la clase con Jessica a la zaga, doblada bajo el peso del doble paquete de libros.

«Debe creer que soy su esclava personal», se dijo Jessica, presintiendo sin equivocarse que aquél sería su futuro más próximo.

–¿Por qué le llevas la bandeja a Lila? –preguntó Ellen a Jessica cuando ésta, junto con Lila, se sentó a la mesa de las Unicornio.

–Es mi buena obra del día –respondió con irritación.

–Hablando de buenas obras –dijo Janet–, lo de la maratón de patinaje se está desarrollando muy bien. El padre de Belinda ha hablado con el dueño de la pista y ha confirmado que nos la presta para esta noche, ¡para la Escuela Media de Sweet Valley en exclusiva!

–Y hay un montón de gente que ya ha firmado patrocinar a los patinadores –añadió Mary–. ¡Con tantos, en menos de nada habremos recaudado el dinero necesario para la nueva enciclopedia!

–¿Alguna de vosotras ha conseguido algún patrocinador? –preguntó Belinda.

Las Unicornio se miraron sorprendidas.

–¿Por qué? –preguntó Ellen–. Somos las organizadoras. Nosotras no patinamos.

–Pero sería divertido –protestó Belinda.

–¿Patinar durante *horas*? –Lila acompañó las palabras con una mueca–. Nosotras sólo nos dedicamos a recoger el dinero una vez se haya terminado el espectáculo.

Jessica estaba a punto de replicar cuando vio que Aaron y Jake se acercaban a la mesa de las Unicornio.

–¡Aaron! –exclamó.

–Hola, Jess –la saludó éste con una mirada incómoda dirigida a las expectantes Unicornio–. Sólo quería confirmar que irás al partido del sábado conmigo.

–¿Bromeas? –saltó Lila–. ¡Si no ha hablado de otra cosa durante *días*!

Jessica le dedicó una mirada fulminante, respondida por Lila con una sonrisa burlona y un gesto del índice señalando a sus ojos.

–¿A qué hora es el partido? –preguntó Jessica, tratando de ignorar a Lila.

–A las dos. Te recogeremos a la una, ¿de acuerdo?

–Muy bien –aceptó Jessica.

–¿Jessica? –dijo Lila muy dulcemente.

Jessica suspiró.

–¿Qué quieres ahora, Lila?

–Ya he terminado de comer.

–¿Y qué? –Jessica rechinó los dientes mientras Aaron la miraba con curiosidad.

–¿Te importaría sacar mi bandeja de aquí?

Varias Unicornio miraron atónitas a Lila.

Jessica lanzó una mirada incómoda a Aaron y respondió con suavidad:

–Ahora mismo, Lila.

Aaron miró a la una y a la otra y se fue moviendo la cabeza después de decir:

–Hasta luego, Jessica.

Así que Aaron estuvo lo suficientemente lejos, Jessica apostrofó a Lila.

–Supongo que estarás satisfecha.

La otra se encogió de hombros.

–¿Puedes darme tu pastel de chocolate? Me he quedado con hambre –se limitó a responder.

Jessica asió el plato con el pastel y , por un momento, se sintió tentada de tirárselo a la cabeza, pero recordó las gafas ocultas en su bolsa y se contuvo. Prefería ser una esclava de Lila por una temporada que perder el prestigio social para siempre.

–Toma –y le pasó el plato a través de la mesa.

# IX

–¡Lisa! ¡Date prisa!

Aquella tarde, Jessica, puesta en jarras a la puerta del cuarto de baño, miraba impaciente como su hermana se cepillaba el pelo.

–Por tu culpa voy a llegar tarde.

–Ya sería hora de que te tocara a ti. –Elisabet movió la cabeza–. ¿Dices que llegarás tarde por culpa mía? ¿Qué prisa tienes? La maratón de patinaje no empezará hasta dentro de varias horas. ¿Tienes miedo que se desintegre antes de que llegues?

–Muy divertido, Lisa... –Jessica empezó a bajar las escaleras–. Espera a ver, hermana mayor. Veremos quién ríe la última –murmuró para sí misma.

Estaba a media escalera, cuando se oyó el timbre de la puerta. Al abrir, vio a Amy Sutton provista de un bloc de notas y un lápiz metido dentro del espiral metálico.

–Hola, Amy –dijo–. Entra. Elisabet está arriba.

–Ya no –dijo la aludida bajando por la escalera–. Ya estoy lista. Lamento haberos hecho esperar pero quiero tener mi mejor aspecto para presenciar el último desastre de las Unicornio.

Amy se echó a reír.

–Elisabet, has de ser más tolerante. Después de todo, cuando las Unicornio organizan algo, *no siempre* son un desastre. –Hizo una pausa con un dedo en la barbilla como si reflexionara–. Ummm... Después de pensarlo, creo que *siempre* son un desastre.

–Os gustan mucho las bromas –replicó Jessica sarcástica–. Además... –añadió con una mirada de reojo a su gemela–... estoy segura de que Ellen y Lila son muy capaces de solucionar esos problemas de última hora.

–¿Problemas de última hora? –repitió Elisabet, intercambiando una mirada con Amy–. ¿Qué problemas de última hora?

–Ninguno. Ninguno en absoluto –se apresuró a decir Jessica–. Ellen y Lila pueden perfectamente...

–Claro –interrumpió Amy conteniendo la risa–, Ellen y Lila son unos genios de la organización.

–Bien, vamos –dijo Elisabet–. Al menos nos reiremos un rato. –Y abrió la marcha hacia la puerta.

De repente, Jessica hizo chasquear los dedos.

–¡He olvidado algo!

–¿Qué? –preguntó Elisabet.

–Ah... Ummm. El brillo de los labios. Id delante. Ya os alcanzaré.

Se precipitó al interior de la casa, asió el teléfono de la sala y marcó apresuradamente un número.

–¿Janet? –dijo sin aliento–. Soy Jessica. Salimos hacia ahí. Asegúrate de que todo esté a punto.

Jessica alcanzó a Elisabet y a Amy a medio camino de la avenida. Cuando las tres chicas aparcaron sus bicicletas en la parte exterior del edificio, advirtieron que las esperaba un grupo compuesto por la mayoría de las Unicornio capitaneadas por Janet y Lila. Ninguna parecía muy satisfecha.

–Hola a todo el mundo –saludó Jessica alegremente.

–Hola, Jessica –respondió Janet en tono apagado–. Hola, Elisabet. Hola, Amy.

–¿Qué pasa Janet? –preguntó Jessica–. Parecéis preocupadas.

–Bien... –dijo Ellen–. Se trata de la....

–¿Todo está a punto, verdad? –preguntó Jessica nerviosa.

–Bien... –suspiró Ellen incómoda–. Casi....

–Sólo hay un pequeño problema –añadió Lila.

–¿Un pequeño problema? –repitió Jessica que miró de reojo a su hermana y a Amy. Ambas sonreían burlonas.

–Cuéntanos –dijo Elisabet.

–Después de todo, *somos* periodistas –manifestó Amy–. Lo sabremos tarde o temprano. ¿Qué lío han organizado esta vez las Unicornio?

–¡No ha sido culpa nuestra! –protestó Ellen–. Cuando el propietario de la pista estuvo de acuerdo en abrirla un día antes para nosotras, creímos...

–¿Cómo podíamos imaginarlo? –se lamentó Lila con un estremecimiento.

–¿Pero de qué se trata? –preguntó Elisabet a punto de perder la paciencia.

Janet clavó la vista en el suelo.

–Mientras reparaban la pista, enviaron todos los patines a repasar y engrasar. No los traerán hasta mañana. El propietario creía que cada uno traía los suyos. Afirma que nos *lo dijo*, pero...

–¿Queréis decir que habéis organizado una maratón de patinaje...? –empezó Elisabet.

–¿... sin patines? –acabó Amy.

Las dos amigas se miraron mutuamente y estallaron en carcajadas incontenibles.

–No importa –alegó Lila a la defensiva–. Ya hemos pensado como solucionarlo.

–¿Có-co-mo? –farfulló Elisabet entre risas.

–Vamos a fingir que los llevamos –explicó Janet–. Lila, Ellen, enseñadles como se hace.

Ante una Elisabet y Amy sacudidas por la risa, Lila y Ellen empezaron a fingir que patinaban, lanzando un pie ante el otro y ondeando los brazos en una perfecta pantomima.

–¡Mirad! ¡Ahora patino hacia atrás! –dijo Ellen, imitando el movimiento.

Elisabet y Amy se retorcían, llorando de risa.

–Esto pasará a la historia como la metedura de pata más sonada de las Unicornio –dijo Elisabet cuando finalmente pudo hablar–. Vamos, Amy. Vamos adentro.

–No puedo, Elisabet. No puedo caminar. Me duele todo de tanto reírme –replicó Amy.

–Vamos –insistió Elisabet procurando mantener un poco de seriedad–. Al fin y al cabo *somos* periodistas.

Y entraron en el edificio seguidas por el grupo de las Unicornio.

Así que entró, Elisabet se quedó con la boca abierta. Unos carteles perfectamente impresos explicaban todos los detalles de la maratón de patinaje y cubrían las paredes; flotando, pegados al techo como un alegre tapiz, colgaban un sinfín de globos de todos los colores. En una esquina, dos Unicornio anotaban muy afanosas los nombres de los patinadores y las cantidades con que los habían patrocinado; había una enorme pizarra para anotar las cantidades a medida que pasara la velada, y... en un estante, lucían un centenar de pares de brillantes patines. Varias docenas de patinadores ya estaban en la pista haciendo ejercicios de calentamiento.

Lentamente, Elisabet y Amy se encararon con el grupo de Unicornios que sonreían abiertamente.

–Supongo que nos habéis tomado el pelo –admitió Elisabet.

–Me parece que sí –añadió Amy.

–¿Tú lo sabías? –preguntó Elisabet a su hermana.

–¡Claro que sí! –dijo Jessica entre risas–. Estabais tan seguras de que iba a ser un fracaso, que decidimos demostraros que podíamos hacerlo.

Elisabet miró hacia el punto de partida de la pista donde formaba una hilera de gente. A aquel ritmo, calculó que cuando terminara la maratón de patinaje, las Unicornio habrían recaudado una cantidad más que suficiente para comprar la nueva enciclopedia.

Movió la cabeza.

–He de confesarlo. Creo que es una historia perfecta para el reportaje que he de escribir para *La Tribuna*.

–Asegúrate de que escribes mi nombre correctamente –recomendó Lila triunfante–. Es L-I-L-A.


–Lila, ¿no crees que abusas demasiado?

–Sólo te he pedido que me traigas un refresco, Jessica –arguyó Lila sentada en una silla. Cien patinadores habían estado dibujando círculos sin fin sobre la pista–. Mirar a toda esa gente me ha dado sed.

–¡Pues te la vas a buscar tú! –replicó Jessica irritada.

–¿De veras? ¿Crees que desde aquí *verás* lo suficiente para saber dónde está el quiosco de las bebidas? –preguntó Lila con su tono de voz más untuoso.

–¡Chiss! –exclamó Jessica, mirando rápidamente a su alrededor. Afortunadamente, no había nadie cerca que hubiera podido oír la frase de Lila. Le dedicó una mirada pulverizadora, pero la otra se la devolvió con su expresión más inocente–. ¡De acuerdo, Lila! –cedió furiosa–. Te traeré el refresco, pero...

–... y una bolsa de palomitas –la interrumpió Lila–. También tengo hambre.

Jessica compró el refresco y la bolsa de palomitas y se dirigía de vuelta para dárselo a Lila cuando tropezó con su hermana Elisabet.

–Hola, Jess. ¿Tienes hambre?

–No exactamente –respondió Jessica rechinando los dientes–. Es para Lila.

–¿Para Lila?

–¡Sí, para Lila! –exclamó Jessica–. Se ha enterado de lo de mis... –Echó una mirada aprensiva alrededor–... gafas.

–¿Y qué hace? ¿Chantajearte? –preguntó Elisabet.

–¿Cómo lo has adivinado?

–Conozco a Lila –declaró Elisabet.

–En realidad no me ha amenazado –explicó Jessica–, pero si no hago lo que me pide, seguro que hablará.

–Pero, Jess, no puedes seguir siempre así –arguyó Elisabet.

–Ya lo sé. Lila es incapaz de guardar un secreto toda la vida, pero espero que por lo menos se aguante hasta después de mi cita con Aaron.

–Jessica, esto es ridículo –declaró Elisabet en tono decidido–. Dejas que Lila te maneje. Y te expones a que papá y mamá se enfaden contigo por no llevar las gafas sólo por tu estúpida vanidad.

–¿Qué quieres decir con eso de *estúpida*? –se enfadó Jessica–. Si me ven que llevo... –Se interrumpió al ver que Ellen se acercaba. Continuó en voz alta–: ¿Ya tienes suficiente información para tu artículo, Lisa?

–¿Qué? –Elisabet no entendía nada hasta que se dio cuenta de la presencia de Ellen–. Oh... sí... Tengo suficiente, pero me falta saber cuanto dinero habéis recaudado. Ummm... Adiós, Jess. ¡Buena suerte!

–¿Buena suerte? –preguntó Ellen–. Buena suerte, ¿para qué?

–¡Sólo buena suerte, Ellen! –estalló Jessica–. ¿Es que mi propia hermana no me puede desear buena suerte sin que tenga que someterme a un examen?

–¿Por qué tienes tan mal humor? –replicó Ellen–. ¡Todo está saliendo a la perfección!

–Para ti, quizá –murmuró Jessica sombría.

–Ven a ver el hermanito de Belinda. Te pondrás de mejor humor.

–¿El hermanito de Belinda?

Ellen asintió con la cabeza.

–Los padres de Belinda han venido a ver la maratón de patinaje y han traído a su hermanito pequeño. ¡Es tan lindo!

–Ya iré. Pero primero he de llevarle esto a Lila –respondió Jessica.

–Lila también está admirando el bebé. Vamos.

Jessica siguió a Ellen hasta un extremo de las gradas donde había un grupo de chicas rodeando a un niño pequeñito.

–¡Toma! –rezongó Jessica, colocando con malos modos la bandeja del pedido en las manos de Lila.

–Muchas gracias –agradeció ésta en tono suavísimo–. ¡Eres tan amable!

–¿No te parece adorable Billy? –dijo Elisabet, uniéndose a su hermana–. Me hace desear tener un hermanito.

–Quizás una hermanita –corrigió Jessica–. Otro hermano sería demasiado.

–Precioso, ¿verdad? –dijo una voz a sus espaldas.

Jessica pegó un brinco.

–¡Aaron! ¡Hola! ¿Hace mucho que estás aquí?

–Acabo de llegar –dijo sonriendo a Jessica–. Parece divertido, pero seguro que debes estar cansada de tanto patinar.

–En realidad, no he patinado. El único

patrocinador que conseguí fueron mis padres –explicó Jessica–. Aunque estoy segura de que ellos habrían contribuido tanto si patinaba como si no. Después de todo, soy una de las organizadoras y *tengo* responsabilidades.

–Entonces quizás estarás muy ocupada para patinar conmigo un rato –dijo Aaron con timidez.

–¡No! Ya he terminado lo que tenía que hacer –se apresuró a afirmar Jessica–. Quiero decir que, por un rato... las demás pueden pasarse sin mí.

Aaron y Jessica se colocaron unos patines y se situaron en un rincón de la pista, cerca de la salida. Jessica embutió los zapatos hacia el fondo de su bolsa, encima del estuche de piel azul de las gafas para asegurarse de que Aaron no lo viera.

–¡Vamos! –exclamó, metiéndose con ágil seguridad en medio del grupo de patinadores. Era una buena patinadora. Al principio Aaron pareció un tanto inseguro.

–En realidad, no patino mucho –admitió, riéndose de su propia torpeza. Pero al cabo de unos minutos, ganó confianza y pudo mantenerse al lado de Jessica.

Llevaban una media hora patinando, cuando, de repente, a Jessica le pareció ver dos figuras familiares en el grupo de los espectadores que contemplaban a los patina-dores. Tuvo que forzar la vista para asegu-rarse. Desafortunadamente no se había equi-vocado. ¡Se trataba de sus padres!

¡Estaba atrapada!

Sería cuestión de minutos que advirtie-ran que no llevaba gafas. Su única esperan-za era escaparse por la puerta de salida. Pero resultaba imposible dar la vuelta y correr en sentido contrario al del resto de los patina-dores. ¡No sólo tendría que seguir la rueda, sino que, para recuperar la bolsa con el estu-che dentro, tendría que pasar exactamente por delante de sus padres!

De repente, tuvo una idea. Lois Waller estaba patinando delante de ella. *Lois Waller llevaba gafas*. Sin vacilar ni un segundo, Jes-sica cogió velocidad y se echó encima de Lois.

Ambas chicas cayeron rodando por el suelo a la vez que las gafas de Lois salían disparadas. Veloz como un rayo, Jessica se levantó y dio una patada a las gafas man-dándolas lejos.

–¡Mis gafas! –gimió Lois.

–No te preocupes –dijo Jessica–. Iré a bus-carlas patinando y te las traeré. ¡Espérame!

Y antes de que la sorprendida Lois pudie-ra contestar, salió veloz y llegó a la altura de Aaron que no había podido pararse.

–¿Estás bien? –le preguntó el chico.

–¡Claro! –respondió alegremente Jessica–. Ha sido un pequeño accidente. He rescatado las gafas de Lois.

Se las mostró mientras continuaban patinando. El grupo de patinadores la ocultaba de las miradas de sus padres, pero en pocos segundos llegaría junto a ellos.

–Me pregunto cómo se ven las cosas con gafas –comentó en voz alta–. Las voy a probar. –Y se los colocó justo en el mismo instante en que pasaban por delante del lugar donde estaban sentados sus padres. Les sonrió saludándolos con la mano.

«Jessica, eres un genio», se dijo a sí misma.

Así que estuvieron a salvo de las miradas de los señores Wakefield, le dijo a Aaron:

–Me lo he pasado muy bien, Aaron, pero ahora debo irme. ¿Quieres darle sus gafas a Lois?

–Claro, Jessica –accedió el chico un tanto desconcertado.

–¡Hasta el sábado, Aaron! –gritó Jessica, dirigiéndose a la salida con la velocidad de un cohete.

Encontró la bolsa donde la había dejado. Rápidamente, se arrodilló y se colocó los zapatos. En un instante, habría salido por la puerta y se iría al lugar donde estaba aparcado el coche de sus padres, en cuyo interior, en el asiento de atrás, esperaría a salvo a que vinieran para volver a casa. Jamás sabrían que no se ponía las dichosas gafas.

Apenas podía creer que se hubiera salvado por poco. De repente, vio un par de piernas ante ella. Levantó la vista para mirar hacia arriba.

–Muy lista, Jessica –dijo su padre en tono severo.

# X

–¿Dónde está Jessica, Elisabet? –preguntó la señora Wakefield el sábado por la mañana–. Hace horas que estamos levantados y aún no la hemos visto.

–Supongo que se ha dormido –manifestó Elisabet–. Iré a ver si se ha despertado.

Elisabet dio unos golpecitos en la puerta de la habitación de su hermana pero no obtuvo respuesta.

–¿Jess? –Abrió unos centímetros la puerta y asomó la cabeza–. ¿Estás despierta?

–Estoy aquí –dijo Jessica desde el cuarto de baño que conectaba las dos habitaciones de las gemelas.

Elisabet halló a su hermana todavía en pijama, de pie delante del espejo. Tenía puestas las gafas.

–Mamá se preguntaba dónde estabas –dijo Elisabet apoyada en el marco de la puerta.

–Desde ahora en adelante será fácil encontrarme. Mamá y papá pueden obligarme a llevar estas estúpidas gafas, pero no a salir con ellas. –Con un movimiento irritado, se las sacó y las dejó encima del mármol–. Nunca, nunca permitiré que nadie me vea con ellas puestas.

–Pero, Jess, te están realmente bien –protestó Elisabet.

Jessica movió la cabeza y pasó por delante de Elisabet camino de su habitación.

–No necesito tu piedad, Lisa –declaró orgullosa. Se metió en la cama y se tapó.

–Ojalá me creyeras –insistió Elisabet.

–Pues no puedo. Así que no insistas.

–¿Piensas quedarte aquí todo el día?

Jessica se subió la ropa de la cama hasta la barbilla y asintió con un movimiento de cabeza respondiendo:

–Si alguien me llama por teléfono, diles que no acepto llamadas.

–Como quieras.

Elisabet cerró la puerta y bajó a la planta baja.

–Papá, mamá, malas noticias –anunció sombríamente entrando en la sala–. Jessica dice que no va a salir nunca más de su habitación.

–¿Malas noticias? –exclamó Steven–. ¡Pero si son magníficas!

–¿Tiene eso algo que ver con nuestra con-

versación de ayer noche referente a las gafas?
–preguntó el señor Wakefield.

Elisabet se sentó en el sofá al lado de Steven.

–Sí. Dice que nadie la va a ver con ellas.

La señora Wakefield suspiró.

–Quizá deberíamos hablar con ella, Ned.

–Sólo es un capricho –le aseguró su marido–. Pronto se olvidará.

–No estoy tan segura, papá –replicó Elisabet–. Ni siquiera quiere que le pasen las llamadas.

Steven soltó un silbido.

–¡Eso sí que es grave!

El señor Wakefield apartó el periódico que leía.

–Quizá deberíamos ir arriba e intentar hacerla reflexionar.

–Yo lo he estado probando desde que nació sin ningún resultado –declaró Steven.

–Steven, si no vas a ayudar, será mejor que te quedes aquí abajo –dijo su madre en tono reprobador.

–La opinión de un chico podría resultar útil –remarcó Elisabet–. Podrías decirle lo bien que le sientan.

Steven miró al cielo.

–¡*Mujeres!* –exclamó con exasperación.

Con Elisabet al frente, la familia subió al

piso de arriba y se detuvo ante la puerta de la habitación de Jessica.

–¿Jessica? –dijo el señor Wakefield, llamando a la puerta con suavidad– ¿Podemos entrar?

–No tengo muchas ganas de hablar, papá –respondió la voz de Jessica.

–Hija, no puedes encerrarte para siempre en tu habitación –insistió la señora Wakefield.

–¿Por qué no? –preguntó Jessica.

–Porque... –La señora Wakefield miró a los otros con desesperación–... porque te echaremos de menos. Y todas tus amigas también.

–No me quedará una sola amiga cuando me vean hecha un horror.

La señora Wakefield dio unos golpecitos en el hombro de su hijo.

–Te toca a ti –dijo en voz baja.

–¿Yo? –murmuró Steven– ¿Y qué le voy a decir?

Elisabet le dio un codazo en las costillas.

–Cualquier cosa agradable. No te vas a morir por eso.

Steven se acercó a la puerta.

–¿Jess? –dijo.

–Vete a paseo, Steven –replicó Jessica.

–Sólo quería decirte que te equivocas con eso de las gafas –empezó Steven.

Hizo una pausa y Elisabet le alentó con un movimiento de cabeza.

–Quiero decir que no se te ve peor que siempre –soltó su hermano.

Elisabet le arreó una patada en la espinilla.

–¡Ay! –gritó Steven.

–Gracias, Elisabet –dijo la voz de Jessica.

–Jess, por favor, sal –insistió Elisabet–. Podríamos ir al Centro Comercial esta tarde.

–¿No te gustarían un par de zapatos a juego con el nuevo conjunto que te compraste en Kendall's? –añadió su madre–. No olvides que mañana tienes una cita.

Elisabet miró a su madre y cruzó los dedos. Si la perspectiva de ir de compras no convencía a Jessica, nada en este mundo lo lograría.

–No necesito zapatos nuevos –gritó la voz de Jessica–. No pienso salir con Aaron.

–¡Esto *es* realmente serio! –murmuró Elisabet.

Sólo quedaban veinticuatro horas para la cita de Jessica con Aaron y para hacerla cambiar de opinión. ¡No iba a ser fácil!

Elisabet dio los últimos toques a un bocadillo de mantequilla de cacahuete y plátano y lo colocó en una bandeja.

–¿Es para Jessica? –preguntó la señora Wakefield.

Elisabet asintió.

–Forma parte del Plan A.

–¿Y qué es exactamente el Plan A?

–Convencer a Jessica de que en realidad no quiere pasarse toda la vida en su habitación.

–Espero que tengas más éxito que nosotros –declaró su madre con una sonrisa forzada.

–Lo lograré –aseguró Elisabet–. Tengo una arma secreta. ¡Voy a poner celosa a Jessica!

Al llegar ante la habitación de su hermana, Elisabet llamó a la puerta.

–¿Jess? Soy yo. Te he traído un bocadillo.

–¿Estás sola? –preguntó Jessica.

–Sí.

–En ese caso, entra.

Jessica estaba sentada en la cama leyendo el último número de *Smash*.

–Gracias, Lisa –dijo, cogiendo el plato con ansia–. Me muero de hambre.

–Podrías bajar a comer –señaló Elisabet.

–Ni hablar. ¿Y si se asoma alguien por la puerta? ¿Y si se presenta Aaron por algún motivo?

Elisabet se sentó en una esquina de la cama de Jessica.

–He estado pensando una cosa, Jess –empezó en su tono de voz más inocente–. Aaron es tremendamente atractivo y muy agradable.

Jessica se la miró sorprendida mientras engullía un pedazo del bocadillo.

–Creía que te gustaba Todd.

–Sí –replicó Elisabet retorciendo una guedeja de su pelo–. Pero eso no significa que no me guste Aaron.

Jessica se encogió de hombros.

–Me imagino que no.

Cogió de nuevo la revista y empezó a hojearla.

Elisabet frunció el ceño. Jessica no había mordido el anzuelo. Tenía que forzar un poco las cosas.

–He estado pensando... –añadió en tono de indiferencia–... que es una pena que se pierda una entrada tan buena para los Lakers. Y como tú no quieres ir al partido... –Hizo una pausa para ver si Jessica se enfadaba–... ¿Jess?

–¿Decías algo, Lisa?

–Me estaba preguntando si *yo* podría salir con Aaron, ya que tú no quieres ir –se aventuró Elisabet.

–Ningún problema –respondió Jessica, mordiendo de nuevo el bocadillo–. Adelante.

O quizá también le gustaría ir a Steven. Se muere por ver el partido de los Lakers.

Elisabet no podía creer lo que oía. Jessica no estaba celosa. ¡Ni siquiera parecía *interesada*!

–Gracias por el bocadillo, Lisa –dijo Jessica.

Elisabet se levantó de la cama y se dirigió hacia la puerta.

«Muy bien por el Plan A –se dijo con frustración–. La lástima es que no tengo ninguna idea para el Plan B».

A última hora de la tarde, Elisabet ya tenía el Plan B. Primero se aseguró de que la puerta de Jessica estuviera entreabierta. A continuación cogió el teléfono que estaba en el vestíbulo superior y fingió que marcaba el número de Amy.

–¿Amy? –dijo Elisabet en voz alta, ignorando el zumbido del aparato–. ¿Tienes un minuto? ¡Acabo de hablar con Aaron Dallas!

Echó un vistazo de reojo. Vio con satisfacción que su hermana espiaba por la puerta entreabierta.

–¿Sabes? Tengo envidia de Jessica –siguió diciendo–. ¡Daría cualquier cosa por salir con Aaron! Ya sé que le gusta Jessica, ¡pero es tan atractivo!

Elisabet hizo una pausa, fingiendo atender a la respuesta de Amy.

«Lo hago muy bien. ¡Jessica no es la única actriz de la familia!», pensó con satisfacción. Y volvió a echar un vistazo con disimulo para comprobar que Jessica seguía escuchando.

¡Jessica se había ido!

Estuvo a punto de dejar caer el teléfono. Quizá no era una actriz tan buena como creía. Fingió hablar de Aaron unos minutos más por si Jessica volvía y finalmente se despidió.

–Adiós, Amy. Hablaremos más tarde.

Colgó el teléfono y espió por la puerta de Jessica. Su hermana estaba metida en la cama, al parecer durmiendo.

¡Muy bien por el Plan B!

Jessica fingió dormir hasta que Elisabet se fue.

«Te lo agradezco, Lisa», pensó, pero su hermana nunca sería capaz de salir con Aaron. Sólo quería ponerla celosa. Además, nunca había sabido mentir.

Se tapó la cabeza con la almohada. Estar metida en la habitación resultaba espantosamente aburrido. Pero se suponía que las chicas horrorosas se aburrían mucho, así que tendría que acostumbrarse. Sus días de popularidad y risas habían terminado. El lunes llegaría a la escuela con las gafas puestas y tendría que soportar el alud de carcajadas que se producirían.

Tendría que soportarlo con dignidad. Primero renunciaría a ser miembro de las Unicornio. Sería mejor que esperar a que la expulsaran. Después, dimitiría de las Animadoras y, a continuación, debería salir en compañía de las chicas más feas de la escuela. ¿Sería muy duro? Además, debería llevar ropa corriente, no usar maquillaje y estudiar un montón.

Soltó un gran bostezo.

«Debería dormir. Después de todo, no tengo motivos para estar despierta».

Pero sólo durmió unos minutos. Se despertó con un peso en la cara. Se irguió con esfuerzo y se vio en el espejo. ¡El peso era debido a un par de gafas más grandes que su cara! Eran tan enormes que no se le veía el rostro, salvo los ojos tan agrandados por los cristales ¡que parecían manzanas!

Dio un salto e intentó quitárselas, pero de repente apareció su madre agitando un dedo amenazador y gritándole:

–¡No te las puedes quitar!

Jessica intentó salir de la habitación, pero las gafas pesaban tanto que no la dejaban pasar por la puerta. Finalmente, colocándose de perfil, consiguió deslizarse fuera, pero de inmediato la rodearon todas las Unicornio que se reían y la señalaban exclamando: «¡*Horrorosa!*»

–¡No soy horrorosa! –exclamó Jessica–. ¡Soy la chica más popular de la escuela!

–No lo eres –replicó Aaron Dallas apareciendo ante ella–. Eres la chica más fea de la escuela ¡y yo no salgo con esa clase de chicas!

–¡No soy horrorosa! ¡No soy horrorosa! –gritó Jessica con desesperación.

–Horrorosa, horrorosa, horrorosa... –cantaron las Unicornio.


«Espero que funcione –se dijo Elisabet– Me estoy quedando sin ideas». Abrió la puerta de Jessica y la cerró ruidosamente.

Jessica abrió los párpados de golpe.

–¿Lisa?

–Oh, ¿te he despertado? –preguntó Elisabet con fingida inocencia–. No esperaba que estuvieras durmiendo a esta hora de la tarde.

–He hecho la siesta. –Jessica sacudió la cabeza medio confusa–. He tenido un sueño horrible. ¡Tenía que llevar unas gafas enormes y estaba horrorosa! –De repente, vio las gafas sobre la mesilla de noche–. ¡Oh, no era un sueño! ¡Era cierto!

–Muy divertido, Jess. ¿Supongo que no quieres venir al Centro Comercial conmigo?

–Ya te he dicho que no. ¡Y después de este sueño, aún menos!

Elisabet sonrió dulcemente.

«Ha llegado el momento del plan C», pensó.

–Esperaba que me ayudaras a escoger alguna cosa para mi cita –dijo en voz alta.

–¿Tu cita? –repitió Jessica bostezando–. ¿Qué cita?

–La de Aaron, tonta. Si no vas a salir, alguien puede aprovecharlo.

Jessica volvió a tenderse y se tapó hasta la cabeza.

–¡Que te diviertas comprando!

Elisabet cerró de un portazo. Sabía que su hermana era tozuda, pero aquel empeño ya resultaba ridículo.

Pero el Plan C aún tenía más posibilidades. No iba a rendirse así como así. Voló escalera abajo. Encontró a su madre en el patio trasero arreglando las plantas.

–¡Mamá! –dijo anhelante–. ¿Me llevas al Centro Comercial? Tengo una idea y necesito que me ayudes ¡Es *muy* importante!

# XI

Jessica miró el reloj digital de su mesilla de noche a tiempo de ver que pasaba de las cinco y diez a las cinco y once. Hacía cuatro minutos que lo había mirado.

Cogió la revista y la lanzó a través de la habitación. Había leído dos veces cada uno de los artículos. Ya sabía cuál era la comida favorita de Donny Diamond (la pizza), el sueño secreto de Ken Kelleman (ser futbolista profesional) y el defecto de Melody Powers (llegar tarde).

Se le ocurrió que Elisabet tardaba mucho en volver. Hacía casi tres horas que su gemela había salido hacia el Centro Comercial. Debía hallarse muy entretenida.

Volvió a meterse en la cama a ver si echaba otra siesta aunque no tenía ni pizca de sueño. Por otra parte, a lo peor volvía a tener un sueño horrible como el de antes.

Oyó la puerta de la entrada y, un momento más tarde, escuchó unos pasos que subían.

–¿Jess? –llamó Elisabet desde el rellano–. ¿Puedo entrar? Tengo una sorpresa para ti.

–Claro –respondió Jessica–. ¿Qué has...? –Y se interrumpió en seco al ver a su hermana–. ¡*Lisa*! –Se había quedado boquiabierta–. ¿Eres *tú*?

–¿Qué te parece? –Elisabet giró sobre sí misma para que su hermana pudiera admirarla. Llevaba un suéter púrpura nuevo precioso.

*¡Y llevaba gafas!*

–¿Qué es eso que llevas? –balbuceó asombradísima.

–Son mis nuevas gafas –dijo Elisabet riendo–. ¿No será bonito volver a ser idénticas?

–¿Son de verdad?

Elisabet movió la cabeza.

–Los cristales no están graduados.

–Pero... estás...

–¿Qué...? –preguntó Elisabet.

–¡Preciosa!

Elisabet asintió con la cabeza con expresión satisfecha.

–Pues si yo lo estoy, tu estarás...

–¡... Increíble! –acabó Jessica.

–¡Eso es lo que he estado intentando explicarte! –exclamó Elisabet–. ¿Ahora me crees?

Jessica la contempló de cerca.

–No me gusta nada admitirlo, pero tenías razón.

–¡El Plan C ha sido un éxito! –exclamó Elisabet.

–¿El Plan C?

–Es una larga historia. Lo importante es que te hayas dado cuenta de que estarás preciosa con gafas.

Jessica frunció el ceño.

–No precisamente, Lisa. De lo que me he dado cuenta es de *lo bien* que te caen a ti.

–Pero...

–Es una lástima que no las necesites –continuó Jessica–. A ti te sientan perfectas.

–¡Pero si somos gemelas! –puntualizó Elisabet con exasperación.

Jessica movió la cabeza negativamente.

–Te caen bien porque van de acuerdo con tu imagen. Eres una gran estudiante. Te gusta leer. Eres la directora de un periódico escolar. *Debes* llevar gafas –suspiró–. Pero yo soy una Unicornio, una Animadora y, desde luego, soy popular. Las gafas no encajan con mi imagen.

–¿Aunque estés guapísima? –replicó Elisabet.

–Tu puedes opinar que estoy guapísima y yo también, pero ¿y los demás? ¿La gente como Aaron? Él quiere salir con una Unicornio popular, no con una idiota con gafas.

–¿Pero cómo sabes que es así? –insistió Elisabet.

–Lo sé –Jessica dio unos golpecitos amistosos en el hombro de su hermana–. Gracias por intentarlo, Lisa. –Señaló las gafas de su gemela sonriendo–. Ya sé que no las necesitas, pero quizá deberías llevarlas. Te están pero que muy bien.

Elisabet bajó al vestíbulo extremadamente deprimida. Su madre la esperaba al pie de la escalera.

–¿Cómo ha ido? –preguntó con ansia.

–Ha tenido que admitir que las gafas no son tan feas –explicó Elisabet deprimida.

–¡Maravilloso! –exclamó la señora Wakefield entusiasmada.

–Cree que son adorables... si las llevo puestas *yo* –concluyó Elisabet suspirando.

–¿Crees que debería llamar a los padres de Aaron? –preguntó la señora Wakefield a Elisabet el sábado por la mañana, entrando en su habitación y tomando asiento en un esquina de la cama.

Elisabet levantó la vista del artículo para *La Tribuna* en el que estaba trabajando.

–Demos un poco más de tiempo a Jessica. A lo mejor cambia de opinión –sugirió.

144

–Esta tarde, tu padre y yo vamos a casa de los Steele –dijo la señora Wakefield.

–¿Son esos amigos que tienen una niña de cinco años?

–Chrissy –confirmó su madre–. Es adorable. –Y añadió sonriendo–: Casi tanto como tú y Jessica a la misma edad. –Echó una mirada al reloj–. Falta poco para irnos.

–Si Jessica no cambia pronto de parecer, llamaré a Aaron –prometió Elisabet.

–Gracias, hija. –La señora Wakefield se puso de pie–. Imagino que deberíamos hacer que Jessica llamara ella misma, pero está tan deprimida que no quiero empeorar las cosas.

–Ya lo sé –respondió Elisabet con preocupación–. Nunca la he visto tan infeliz. ¡Y lo peor es que se trata sólo de imaginaciones suyas! ¡No tiene porqué estar deprimida!

–Dale tiempo –opinó la señora Wakefield–. Por cierto ¿cómo va el artículo para *La Tribuna*?

–Muy bien. La maratón de patinaje ha sido un gran tema –declaró Elisabet.

–Buena suerte. Volveremos a casa alrededor de las cinco. Y no te olvides de llamar a Aaron.

Elisabet dejó pasar otra hora para intentar convencer una vez más a su hermana. Fue a la habitación de ésta y la encontró sentada a su escritorio haciendo los deberes de matemáticas.

–Debes estar realmente muy aburrida para ponerte a hacer deberes –dijo en tono de broma.

–¿Querías algo, Lisa? –dijo Jessica en tono helado.

–¿Imagino que no has cambiado de opinión en lo que respecta a Aaron?

–Ni hablar –declaró Jessica en tono firme.

–Tendré que llamarlo por teléfono para excusarte. ¿Qué le digo?

–Que me he convertido en una chica horrorosa –respondió Jessica en tono indiferente.

–Es una lástima perder una entrada como ésa –insistió Elisabet.

–Entonces, ¿por qué no vas? Sé perfectamente que ayer, cuando fingías hablar con Amy, lo hacías para ponerme celosa. Pero ése no es motivo para que no te diviertas.

–¿Sabías que estaba fingiendo? –preguntó Elisabet indignada.

–Claro que sí –afirmó Jessica–. No se te ocurra nunca dedicarte al teatro, Lisa. Pero, ¿por qué no vas a ver el partido? Tienes un suéter precioso por estrenar.

–¡Pues a lo mejor iré! –gritó Elisabet furiosa. Y salió dando un portazo.

«Si fuera, daría una buena lección a Jessica», se dijo enfadada mientras irrumpía en su propia habitación. Contempló el suéter y las falsas gafas colocadas encima de la mesita y suspiró.

De repente se le ocurrió una idea irresistible. Una idea tan perfecta, tan atrevida, que no entendía como no lo había pensado antes. Cogió rápidamente el suéter.

El Plan D estaba a punto de ponerse en marcha.

Jessica hizo una bola con el papel de los deberes y la arrojó al suelo. Aquella tarde no había modo de concentrarse en las matemáticas. La misma tarde en la que se suponía que tenía su primera cita con Aaron, la cita de su vida. Y en lugar de ello, estaba encerrada en su habitación frente al libro de matemáticas, contemplando tan fijamente las columnas de números que acabó viéndolos borrosos.

Miró el reloj. La una. La hora en que hubieran empezado sus momentos de gloria. Se preguntó qué excusa habría dado Elisabet. Sólo esperaba que Aaron no se lo hubiera tomado demasiado mal.

Oyó el ruido de la puerta de un coche en el exterior. Un momento más tarde, sonó el timbre de la puerta.

«Debe ser uno de los amigos de Steven», pensó. Cogió una hoja de papel y empezó a sumar por tercera vez la misma columna de números.

Oyó voces en la planta baja. Reconoció una de ellas como perteneciente a Steven. La otra era una voz familiar de chico.

Soltó el lápiz y se precipitó hacia la puerta ¡Era Aaron! ¡Estaba segura! ¿Pero, qué hacía allí? ¿No había cancelado la cita Elisabet?

Apretó los puños con rabia. ¡No se le ocurriría a su gemela ir al partido! ¿Acaso no se había dado cuenta de que no hablaba en serio cuando le había aconsejado que fuera en su lugar?

Abrió la puerta con grandes precauciones y se asomó a la barandilla de lo alto de la escalera, desde donde tenía una vista perfecta del vestíbulo y del visitante que hablaba con Steven.

Era Aaron. Llevaba la camiseta de los Lakers y lo que parecían unos vaqueros nuevos.

En aquel momento apareció Elisabet vestida con el suéter que había comprado el día antes en el Centro Comercial. Sin embargo, había algo extraño en su aspecto. Se había peinado el pelo suelto en ondas suaves, al modo como lo llevaba Jessica. Y, como ella, se había maquillado ligeramente.

«¡Finge que soy yo!», pensó Jessica en pleno ataque de ira.

Pero aquello no era todo. Forzó la vista y parpadeó para asegurarse de que no veía visiones.

*¡Elisabet llevaba gafas!*

–Hola, Aaron –dijo Elisabet en un tono empalagoso que hizo hervir la sangre de Jessica.

–¡Jessica! –exclamó Aaron–. Tienes... ¡tienes un aspecto *magnífico*! ¿Desde cuando llevas gafas?

–Desde el otro día –respondió Elisabet en una perfecta imitación del tono ligero de Jessica–. ¿Te gustan?

–¡Son terroríficos! Pareces... Ummm... Muy sofisticada –balbuceó Aaron maravillado.

–Gracias, Aaron –dijo Elisabet batiendo las largas pestañas–. A mí también me gustan, pero sólo las he de llevar un par de meses. –Lo cogió del brazo–. ¿Te importaría esperarme en la sala? He de ir a buscar mi bolso.

Cuando Aaron no podía oírlos, Steven se acercó a Elisabet y le musitó al oído mientras la examinaba dubitativo:

–Un momento, ¿tú no eres Jessica, verdad?

–¡Adivínalo! –respondió Elisabet entre risitas.

Atónita, Jessica se recostó contra la pared del vestíbulo de arriba.

*¡A Aaron le gustaban las gafas!*

En realidad, aquellas eran falsas, pero aquello significaba que también le gustarían las suyas: ¡las legítimas!

¡Pero Elisabet iba a aprovecharse de su cita! No podía creer que su hermana gemela le hiciera tal cosa. Cuando Elisabet llegó arriba, la asió por el brazo y la arrastró al interior de su habitación.

–¿Qué te propones aprovechándote de *mi* cita? –exclamó furiosa.

Elisabet se encogió de hombros.

–Creía que no te interesaba salir.

–¡Claro que me interesa! ¿Por qué no había de interesarme?

–Porque Aaron te vería con las gafas y creería que estarías horrorosa –respondió Elisabet con toda calma.

–¡A Aaron le has gustado con las gafas pensando que tú eras yo, por lo tanto también le gustaré yo!

Elisabet se echó a reír.

–Exactamente, Jessica.

–Además, a ti no te gusta gran cosa el baloncesto –añadió Jessica mirando a su hermana con aire de disculpa–. Supongo que me he portado como una idiota.

–La única idiotez que cometerás será si no sales con Aaron ¡Apresúrate! ¡Has de convertirte en Jessica!

Rápidamente, ambas gemelas se intercambiaron la ropa.

–Lisa, eres única –confesó Jessica.

–¡Pues ya somos dos!

Unos minutos más tarde, una Jessica de sonrisa radiante, con sus propias gafas puestas, irrumpía en la sala.

–¿No llevabas unas gafas distintas hace un momento? –preguntó Aaron.

Jessica guiñó un ojo a Elisabet que estaba en la puerta de la casa.

–¿Unas gafas diferentes? ¿Qué dices? ¡A lo mejor necesitas visitar a un oculista!

# XII

Jessica contempló el estadio lleno a rebosar y juntó las manos en un ademán de felicidad.

–¡Cincuenta a cincuenta a la media parte! –exclamó dirigiéndose a Aaron–. ¡Qué gran partido!

Aaron le sonrió.

–Magnífico, ¿verdad? Me alegro mucho de que al fin hayas podido venir, Jessica.

–Casi me lo pierdo –confesó ella.

–Estoy muy satisfecho. Si no llegas a venir, ¿quién me hubiera explicado la estrategia defensiva de los Lakers? –dijo Aaron.

Jessica soltó unas risitas.

–¿Y Bruce o Jake?

Aaron movió la cabeza.

–Ha sido mucho más divertido contigo.

Jessica se ruborizó.

«Gracias a Elisabet que me ha convencido», se dijo agradecida ¿Cómo había podido ser tan tonta de creer que unas simples gafas cambiarían su relación con Aaron?

–¿Te importa si te digo una cosa, Jessica? –dijo Aaron en voz baja.

–¿Qué es? –preguntó Jessica riendo y pensando: «Seguro que le gusta mi suéter».

–Nunca me lo había pasado tan bien en un partido de baloncesto, y ¿sabes por qué? –dijo Aaron con los ojos fijos en el campo–. Porque sabes mucho de este juego.

Jessica se ajustó las gafas y sonrió satisfecha. Quizá se había equivocado con el concepto de su imagen ¡No había nada malo en tener cerebro *y* belleza!


–¡Escuchad esto! –exclamó Jessica el miércoles, con todas las Unicornio arremolinadas alrededor de ella a la hora de comer. Después de limpiar los cristales de sus gafas, se las colocó de nuevo y abrió un ejemplar de *La Tribuna de Sweet Valley*.

–¡Jessica, no nos tengas en ascuas! –urgió Janet.

–«Estudiantes que destacan», por Elisabet Wakefield –leyó Jessica en tono de orgullo. Se aclaró la garganta y continuó–: «El viernes por la noche una maratón de patinaje, patrocinado por un grupo de alumnas de sexto, denominado Club de las Unicornio, consiguieron el dinero suficiente para comprar una enciclopedia nueva para la biblioteca de la Escuela Media de Sweet Valley. Si bien los unicornio son ejemplares raros, este esforzado grupo demostró que la generosidad no lo es».

—¿Qué os parece? —preguntó Elisabet acercándose con Amy.

—¡Lisa! ¡Es maravilloso! —gritó Jessica.

—Somos famosas —añadió Lila—. Voy a asegurarme de que papá compre cien ejemplares del diario.

—Atención, Jess —musitó Ellen—. Ahí llega tu Romeo.

Jessica saludó efusivamente con la mano a Aaron.

—Si he de escuchar una vez más la historia de tu cita... —empezó Lila que se interrumpió de golpe para dedicar una sonrisa a Aaron que había llegado donde estaban las chicas.

—Se celebra otro partido de los Lakers el fin de semana que viene. Me gustaría que me acompañaras —dijo Aaron a Jessica—. Mi padre compró una entrada de más por si deseabas venir.

—¡De acuerdo! —accedió Jessica con entusiasmo.

—¿*Otra cita?* —gruñó Lila.

Aaron señaló *La Tribuna*.

—¿Qué estabais leyendo?

–El artículo de Elisabet –replicó orgullosamente Jessica–. Es periodista, ya sabes.

–Supongo que este artículo es la prueba de que estabas equivocada en tu opinión sobre las Unicornio, Elisabet –manifestó Janet en tono acusador.

–Yo no diría tanto –intervino Amy–. Por cierto, he oído el rumor inverosímil de que las Unicornio se proponen poner un espejo de cuerpo entero en el vestuario de las chicas con el dinero que les sobró de la maratón de patinaje.

–¿Y para los chicos, qué? –protestó Aaron fingiendo enfado.

–¿No es cierto, verdad? –preguntó Elisabet.

–Pero si ni siquiera nos quedó suficiente dinero para comprar los rizadores –confesó Janet.

–¿De veras? –exclamó Amy–. ¡Elisabet, saca el bloc! ¡Esto merece otro reportaje para *La Tribuna*!

Elisabet no respondió. Estaba mirando la falda púrpura y el top que Lila llevaba.

–¿Este conjunto no es de Jessica? –preguntó entornando los ojos.

–Ella me lo dio –se defendió Lila.

–¡Pero, Jess! ¡Si ni siquiera te lo has puesto una sola vez! –se escandalizó Elisabet.

–No pasa nada, Lisa –la tranquilizó Jessica–, todo ha acabado bien. –Y dedicó una sonrisa a Aaron.

–Por cierto, Jessica... –intervino Lila–, he estado pensando... ¿Sabes lo que quedaría muy bien con este conjunto?

–¿Qué?

–Tus gafas. Ya sé que yo no las necesito, pero, ¿crees que me las podrías prestar alguna vez? Me darían un aspecto *tan interesante* –dijo suavemente.

–Me temo que no –respondió Jessica, guiñando el ojo a Elisabet–. Me gustan mucho mis gafas. Además de bella y popular, soy inteligente y sofisticada. Pero en tu caso, Lila... –Movió la cabeza reprobadoramente–... ¡me temo que estarías *horrorosa*!

–Hablando de horrorosa. –Ellen miró al cielo–. Ahí viene Mandy Miller ¡Ojalá no nos moleste!

–Sí. ¿Quién se cree que es pretendiendo unirse a nosotras, las Unicornio? –añadió Janet en tono altanero.

Elisabet frunció el ceño.

–En vuestro lugar, chicas, yo estaría orgullosa del trabajo de Mandy. Fue *ella* la que colocó todos los carteles de la maratón de patinaje. Quizá deba retractarme en otro artículo acerca de la generosidad que mencioné.

–Por favor, Lisa –intervino Jessica–, no es que Mandy no sea una chica agradable, pero no es «especial» como nosotras.

–Ya veremos.... –replicó Elisabet en tono reticente.

*¿Es Mandy Miller lo suficiente especial para ser una Unicornio? Lo sabréis en el próximo libro de Las Gemelas de Sweet Valley.*